小歷史

——歷史的邊陲

◆ 林富士 著

三民書局

國家圖書館出版品預行編目資料

小歷史：歷史的邊陲 / 林富士著.－－增訂二版二刷.
　－－臺北市：三民，2019
　　冊；　　公分.－－(品味經典/真)

　ISBN 978-957-14-6432-9　(平裝)

　1. 中國史

856.9　　　　　　　　　　　　　　　　107008085

© 　小歷史
　　　——歷史的邊陲

著 作 人	林富士
封面繪圖	蔡采穎
發 行 人	劉振強
著作財產權人	三民書局股份有限公司
發 行 所	三民書局股份有限公司
	地址　臺北市復興北路386號
	電話　(02)25006600
	郵撥帳號　0009998-5
門 市 部	(復北店)臺北市復興北路386號
	(重南店)臺北市重慶南路一段61號
出版日期	初版一刷　2000年1月
	增訂二版一刷　2018年6月
	增訂二版二刷　2019年4月
編　　號	S 530110

行政院新聞局登記證局版臺業字第○二○○號

有著作權・不准侵害

ISBN　978-957-14-6432-9　(平裝)

http://www.sanmin.com.tw　三民網路書店
※本書如有缺頁、破損或裝訂錯誤，請寄回本公司更換。

緣　起

經典，是經久不衰的典範之作——無畏時光漫長的淘選，始終如新，每每帶給讀者不一樣的閱讀感受。閱讀經典，可以使心靈更富足，了解過往歷史，並加深思考，從中獲取知識與能量；可以追尋自我，反覆探問，發現自己最真實的樣貌。經典之作不是孤高冷絕，它始終最為貼近人心、溫暖動人。

隨著時代更替，在歷經諸多塵世紛擾、心境跌宕後，是時候回歸經典，找尋原初的本心了。本局秉持好書共讀、經典再現的理念，精選了牟宗三、吳怡深度哲思探討的著作；薩孟武與傳統經典對話的深刻體悟作品；白萩創造文學新風貌的詩作，以及林海音、琦君溫暖美好的懷舊文章；逯耀東、許倬雲、林富士關注社會、追問過去的研讀。以全新風貌問世，作為品味經典之作的領航，讓讀者重新閱讀這些美好。期望透過對過往文化的檢視，從中追尋歷史的真實，觸及理想的淳善，最終圓融生活的感性完美。

這些作品，每一本都是值得珍藏的瑰寶——它們記錄著那個時代臺灣文化發展的軌跡，以及社會變遷的遞嬗；以文字凝結了歲月時光，留住了真淳美好。

「品味經典」邀請您一起 品 味 經 典。

從微觀到鳥瞰

《小歷史：歷史的邊陲》出版於 2000 年，共收錄了二十
九篇長短不一的文章，寫作的年代最早是 1988 年，而且有十
四篇之多，最後一篇則是寫於 1999 年。基本上，這都是上個
世紀的作品，因此，當三民書局來信問我是否願意再版時，
我其實有些躊躇。但是，當我重新檢視全書，並省思自己在
這本書出版前後的學思歷程之後，我還是決定再版，並局部
補充。

我是在 1987 年夏天取得國立臺灣大學歷史學碩士，同年
9 月 1 日獲聘為中央研究院歷史語言研究所助理研究員，開
始我的職業生涯。入所之後，我暫時擱置研究工作，將時間
和精力花在廣泛閱讀和深度思考上，規畫可以長期耕耘的研
究領域，並準備出國進修。1988 年的十四篇文章，便是在那
樣的情境之下所完成的「隨筆」。

其後，我在 1989 年赴美留學，1994 年獲得博士學位，
1995 年升等為副研究員，2001 年升等為研究員，這是一連串

體制內的「爬升」過程，也是自我探索相當關鍵的一段時間，因此，除了在美國的三年 (1990～1992) 之外，我不曾停止寫「隨筆」的工作；那通常是我展開正式學術研究之前的「思想」準備，也是創發的起點。

《小歷史》出版時，我將文章分成五大類：一、巫覡與童乩──靈媒的歷史；二、夢、狗與風俗──信仰的歷史；三、屎尿、頭髮與人肉──身體的歷史；四、書生與罪人──沈淪的歷史；五、婦女與婚姻──女性的歷史。而今檢視自己 1987～2017 年這三十年來的學術論著，如果要做個分類，其實，直接沿用當年的框架也無大礙。換句話說，我早年摸索、訂下的研究課題，已經建構了我最主要的學術版圖。

不過，早年想要開拓的「沈淪的歷史」，後來並未發揮，而「靈媒的歷史」和「信仰的歷史」一直是我研究的主軸，「身體的歷史」則逐漸轉向疾病（瘟疫）史的研究。此外，在最近二十年左右，因為參與中學歷史教科書的編撰和「課程綱要」的編訂，並長期接觸國家「數位典藏」和「數位人文」的實務和政策研訂工作，對於歷史學的特質及所面臨的挑戰，感觸甚多、甚深！因此，藉著《小歷史》再版的機會，我在「信仰的歷史」中增加一篇有關妖怪的文章：〈「魅」的馴服與迷惑〉，並新增第六大類「瘟疫與史學──經驗的歷史」，收錄四篇文章：〈瘟疫與政治──傳統中國政府對於瘟疫的回應之道〉、〈瘟疫、社會恐慌與藥物流行〉、〈何謂「歷史」?〉、〈未來歷史學〉。

這樣的安排，算是接續了我的上世紀和本世紀，我的青年時代和壯年時代。至於我晚近開展的檳榔研究，則算是新

領域，或許要等老年再來慢慢的咀嚼、回味！

2018 年 2 月 28 日

寫於中央研究院歷史語言研究所

補記：

　　吾妻倪曉容（1959–2018）於 2018 年 3 月 30 日仙逝，未及看見此書出版，甚憾！在我們結婚之前，她曾主編《北縣文化》（1993 年 2 月至 1995 年 6 月），並獲「金鼎獎」的殊榮！此書中有六篇文章便是我當年應她之邀而寫。如今回顧，已盡成「史事」。最後，謹以此書表達我對她永恆的愛與思念！

2018 年 5 月 29 日

寫於汐止香榭花都

自　序

　　有人喜歡帝王將相的豐功偉業、英雄與偉人的故事；喜歡戰爭的場景、政權的轉移、經濟的盛衰、社會的結構；喜歡深奧的哲理、精美的藝術、經典的世界。這樣的「大歷史」，向來是歷史研究的主流，也是歷史寫作的核心課題。

　　而我偏偏喜歡歷史研究的邊陲地帶。我喜歡追究尋常百姓的日常生活、生老病死、婚喪喜慶、喜怒哀樂；我喜歡探索芸芸眾生的夢想、「迷信」、「罪惡」和身體。我偏愛生活的歷史、習俗的歷史、身體的歷史、群眾的歷史。

　　因為，我原本就來自臺灣社會的底層和邊陲。我的周遭都是凡夫俗子。記憶中最深刻的只有童乩、流氓、毆妻和上吊的婦人；只有飢餓、貧窮和病痛；只有狗、屎尿和頭髮；只有廟宇、香火、墳墓和神主牌；只有靈異的鬼神傳說和荒誕不經的夢。

　　因此，我總想藉著歷史研究，說服自己和我的親友、鄉黨：我們不是人類社會的少數分子或特異的族群。我們有自

　　己的生活、命運和歷史。我們也可以寫歷史,雖然,只是小小的「小歷史」。

　　在這樣的心情之下,十多年來,我的歷史寫作,無論是學院式的論著,還是這本書所收錄的小品,其實,都是一種撫慰、一種宣洩,也都是一種探索。而我上下搜求、左右摸索,其實,也不過想瞭解「古今之變」和「人我之際」。然而生命瞬息萬變,我想,我的探索也將至死方休。

　　　　　　　　　　　　　　　　　　林富士

1999 年 10 月

寫於中央研究院歷史語言研究所

參・屎尿、頭髮與人肉──身體的歷史

肆・書生與罪人──沈淪的歷史

壹 · 巫覡與童乩
——靈媒的歷史

中國巫術與中國社會

引　言

　　「巫術」(magic) 這個字眼在現代人的耳朵裡聽起來，總會帶著點邪惡、汙穢、迷信、野蠻和幼稚的意味。現代人也常以為只有在那些落後的、原始的、未進化的初民社會或部落裡才有巫術。事實上，這樣的認識是不正確的。

　　在人類學家的眼中，所謂「巫術」，其實只是一種操控鬼神以滿足施術者欲望的技術。這種技術並不僅僅存在於近東、埃及、印度等古代文明中，也不僅僅存在於今日若干美洲的印第安部落或太平洋群島的土著民族。事實上，任何一個人類社群都有其巫術傳統，而這個傳統一直都未曾完全絕滅，中國也毫不例外。

中國的巫術傳統

　　中國的巫術傳統究竟起源於什麼時候,我們已很難確知。不過,據張光直先生說,至少在仰韶文化的半坡遺址(大約是西元前 5000 年～前 4000 年)和半山遺址(大約是西元前 3000 年～前 2000 年),我們已可在彩陶的紋飾上找到古代巫師的形象。巫師的出現,當然就意味著巫術的存在,不過,對於當時巫術的具體內容,我們仍然一無所知。到了殷商時代(大約是西元前十六世紀～前十一世紀),由於殷人留下大批的甲骨卜辭,使我們對當時的巫術有了較清楚的認識。從卜辭中,我們至少知道,殷人常利用巫術來治療疾病和祈雨,甚至在戰爭中,也施用巫術。到了周代(大約是西元前十一世紀～前 222 年),從《周禮》和其他文獻對巫師職事和活動的記載中,我們知道,當時人仍施用巫術來治療疾病和祈雨,並且在戰爭之際,用來咒詛敵人、助長軍勢,在喪葬之時,用來招引鬼魂、驅除不祥,甚至還用來求子。而根據《周禮》對「司巫」、「男巫」、「女巫」職掌的記載推斷,當時人大致上認為:任何一種災禍,莫不可用巫術加以禳除。這種對巫術的信念,從秦漢一直到明清,似乎從未在中國人的心靈中完全泯滅。

　　以巫術醫療疾病的行事為例,我們不僅可以在漢代看到不少知識分子對當時人治病時「信巫不信醫」的批判,也可以在清代地方志上看到巫者在鄉野和城鎮中從事醫療的種種行事。

　　以巫術祈雨的活動也是如此,漢代大儒董仲舒(前176～前104)所寫的〈求雨、止雨方〉甚至還成為官定的儀典,自此之後,不僅巫師、道士、僧尼可祈雨,一般官員、儒生也都可以從事這樣的工作,例如宋代理學大師陸九淵(1139～1193)便留下了好幾篇的〈禱雨文〉和〈謝雨文〉。

　　又如戰爭之事,我們不僅可在漢人的軍隊中看到巫者從事詛軍、禱軍的工作,也可從東晉葛洪(235～333)的著作中知道,晉人曾利用巫術使士兵「刀槍不入」以從事作戰。無論我們相不相信巫術是否真的有這樣的神奇能力,至少清末的「義和團」仍然是相信的,甚至連慈禧太后也相信,所以才會發生企圖以「符呪」對抗洋槍大砲的「義和團事件」。

　　再如生育之事,從漢武帝設置官方的「高禖祠」,一直到明清社會民間祭拜「註生娘娘」,所反映出的是,二千年來的中國社會仍堅決相信,鬼神可以決定一個人能不能有後嗣(或有沒有「好」的後嗣)。而鬼神是可以「祈求」的,所以「求子」的巫術行為始終不斷,例如清代的《上杭縣志》便記載有當地不孕的婦女脫光衣服,讓巫者作法「斬煞」以求受孕的情事。

　　至於喪葬之事,從秦漢到明清,請巫師、術士、道士、僧尼選擇喪葬的地點和出殯的日時,並舉行各種祈福解禍的「法事」,也一直是喪家必守的規矩之一。這樣的行事,在本質上仍算是一種巫術行為。

　　其他和出門遠行、求財、防盜、驅鼠、訴訟、升官、婚姻等大大小小的事項相關的巫術,我們莫不可從正史、方志,以及筆記小說中找到或多或少的材料。

由以上所述，我們可以說中國社會有一個相當悠久的巫術傳統，中國也是一個相當相信巫術的社會。

巫術傳統對中國社會的影響

歷史是人類活動的整體，而且是一種有機關聯的整體，所以，我們不能以簡單的因果關係來描述歷史現象與現象之間的關聯。不過，為了便於敘述，在此只好權將巫術傳統當做一個「原因」，來看看它到底對中國社會造成什麼樣的影響。

巫術傳統對中國社會所造成的第一個影響可稱之為「功利取向的行為模式」，而表現得最為清楚的，則是中國人的宗教行為。研究中國宗教的學者大都會承認：中國是徹徹底底的「多神信仰」的社會，無論是何種宗教的信仰對象，都可被納入龐雜的中國鬼神系譜中，任人挑選崇拜，楊慶堃先生稱這種現象為中國人宗教生活中的「市場情況」（market situation），這也就是說，任何宗教或神祇都只是一種滿足人類欲求的「工具」，人根據自己的欲求來挑選能滿足其欲求的鬼神，做為其崇拜的對象，在這種情形之下，對於諸多鬼神當然可以兼容並蓄，並且隨時可轉換崇拜的對象。所以會有這樣的行為取向，或許和悠久的巫術傳統有所關聯，因為巫術原本只是一種解決問題、滿足人類欲求的技術，而人所以會相信巫術，便在於它能立即而有效的滿足欲望，否則此種巫術或其施術者立刻會被遺棄，在這種崇信巫術行為的悠久傳統影響下的社會，其社會成員的行為模式自然會有「功利

主義」的傾向。這樣的傾向很難說是好還是壞，不過，我們至少可以知道，這樣的傾向使中國社會不容易遵從單一的教條。中國人並不是不崇拜任何權威或教條，但不會只崇拜一種，至少不容易長久地只崇拜一種教條或權威。所以，一般以為中國社會是保守、停滯不動、欠缺應變能力的看法其實是錯的，相反的，具有這種「功利取向」的中國社會應該最能與時推移，因為我們永遠充滿新的需求、新的欲望，並且不斷地企求滿足。

　　巫術傳統對中國社會所造成的第二個影響可稱之為「人本主義的文化基調」。中國文化中濃厚的人本主義色彩是不容否認的，而一般學者大多將這種人本主義的形成歸諸於儒家長期教化的結果，這個看法雖然也有些道理，但是，事實上卻不全然如此，因為，這樣的文化特色早在儒家出現前即已存在，而在儒家出現後的中國社會，那些口不言詩書、耳不聞孔孟的芸芸眾生，他們的價值觀念、行為趨向也並不是全賴儒家官員的教化。談中國文化，固然不可忽視儒家的影響，但也不必過分誇大其作用，尤其是「人本主義」的精神，其真正的源頭和廣佈於凡夫俗子之間的動力，應歸之於中國的巫術傳統。因為，巫術性的文化雖承認鬼神世界的存在，也承認鬼神能影響人的禍福，但是，人也擁有操控鬼神的技術，鬼神只是人滿足欲望的「工具」，人才是事事物物的主體。所以，我們會有殷王帝武乙「射天（神）」的傳說，會有秦朝蜀郡太守李冰殺「江神」、漢高祖斬「白帝子」的故事，東漢末年的太平道徒也才會喊出「蒼天已死」的口號，此外，巫師、道士、僧尼在社會中更被認為能夠斬殺或役使鬼神以替人祈

福解禍。而一般人雖然不具有這樣的神通法術，但是，仍有千千百百種以供牲禱求或辟除鬼神的簡易巫術（這類巫術，在 1975 年出土的湖北省雲夢縣睡虎地秦簡《日書》中有相當多的記載），這在在都顯示出：中國人絕非卑伏於鬼神權威的族群，也絕不會變成任何「偉大」神祇的「子民」，所以有一部分的中國知識分子甚至成為無神論者，或將鬼神納入「天道」的律則中。因此我們可以說，在巫術傳統影響下的中國社會，鬼神雖然充斥於每個角落，盤據在每個人的心靈上，但他們一直都不是這個社會真正的主宰，而只是工具。

巫術傳統對中國社會所造成的第三個影響可稱之為「堅忍奮發的民族性格」。中國歷史文化具有連綿、悠久的特性是有目共睹的，舉凡宮室建築的格局、人群聚合的型態、文字的基本結構、乃至宗教信仰，莫不可追溯到古史所說的夏商周三代（大約西元前 2000 年以降），而一直延續到明清。在這四千年左右的歲月裡，中國社會雖然遭受過無數次大大小小的疾疫、水旱、戰爭……等等災禍的侵襲和破壞，但中國社會從不曾自地球上消失，其中緣由很多，不過，與其社會成員堅忍奮發的性格應該不無關聯。而中國這種堅忍奮發的民族性格，在某種程度上可說是拜巫術傳統之賜。英國人類學家馬凌諾斯基 (Bronislaw Malinowski, 1884～1942) 曾說：

> 巫術的文化價值乃是在緊急存亡之際，充作穩度危瀾的橋樑。巫術為人帶來完成重大勞苦任務的信心，並在暴怒、劇恨、狂愛、絕望之時，保持生理平衡和心理完整。此外，巫術對人而言，所表現的更大價值是：

以信賴壓制懷疑，以穩定克服猶豫，以樂觀取代悲觀。

這番話不僅可適用於馬凌諾斯基所說的「原始人」，也可適用於中國社會，東漢時代的「黃巾革命」便是最好的例證。當時由於水旱交臻、疾疫流行，政治局勢混亂，社會經濟崩潰，眾多的中國百姓可說真真正正陷身於「水深火熱」之中，於是張角出而以巫術治病為手段，吸引信徒，組織「太平道」，喊出「蒼天已死」的口號，否定天神至高無上的權威，並發動了武裝革命，企圖以人的力量重新建立一個「太平」的世界。在這一次的革命行動中，鼓舞著太平道信徒的，並不是鬼神之力，而是張角個人的巫術能力，相信藉著「巫術」，不僅可以解除病痛，還可以解除當時人民所遭受的種種苦難。這一次的革命雖然並沒有真正解除當時眾多百姓的苦難，但總是鼓舞了那個時代千千萬萬中國人對抗災難和暴政的勇氣，並使那些在苦難中沒有死絕滅絕的人，能夠繼續與周遭的環境相抗爭，因為巫術行為在觀念上的基本設定是：只要擁有操控鬼神的技術，並且能正確的運用這樣的技術，沒有什麼欲望是無法滿足的。

由這種巫術性文化所孕育出來的民族性格，往往是多欲的、奮發的，而且不容易絕望，因為他們相信：鬼神能影響人間的一切禍福，而巫術則可以操控鬼神，所以，真正主宰禍福的還是人，在東漢末年參加「太平道」的人會這樣相信，在滿清末年參加太平天國的人也會這樣相信。

以上所述三點，可說都是巫術傳統對中國社會所造成的影響，若僅就此而言，這樣的一個傳統似乎只帶給中國社會

　　好處而無壞處，所以也就不必加以拒斥，但歷史的問題總沒有這樣簡單明瞭的，事實上，巫術傳統也帶給中國許許多多惡劣的影響，其中最嚴重的是使中國成為一個「拘而多畏」的社會，使中國人在各種行事上都充滿著各式各樣的禁忌，常需耗費許多精神和財物來迴避禁忌，或解除因觸犯禁忌所可能帶來的災禍。其次，則是使中國社會成為各種宗教、術士的競技場，而諸方術士常利用人民對巫術的信仰，無所不用其極地剝削其信徒的財物，控制其行為與思想，在社會中形成一股獨特的勢力和權威，而這往往會使一個社會產生整合的困難。雖說如此，中國社會畢竟是個複雜的有機整體，其成員的價值標準、宗教信仰、行為模式往往呈現一種多元並存的局面，而中國文化的多種層面之間也往往呈現一種互補互抵、交互傾盪的關係，這也就是說，巫術傳統對中國社會所造成的種種影響並不具有絕對的支配力量，因為還有其他的傳統在塑造中國社會的面目。所以，我們固不可忽視巫術傳統對中國社會所造成的影響，但也不必過度誇大。

結　語

　　瞭解中國曾有這麼一個悠久的巫術傳統，不僅使我們對傳統中國的面目有更進一步的認識，還可讓我們知道，在醫院林立的臺灣，何以人民罹病時還要去求神問卜。讓我們知道那些婚姻不遂、財運不順、無子無女或厄運連連的人，何以肯花錢去求一張「符籙」或做一場「法事」。讓我們知道在這樣小小一塊土地上，何以會瀰佈著那麼多種宗教的建築和

神祇。也讓我們知道，在這塊土地生活的人，何以顯得那麼
投機取巧卻又生機蓬勃，何以顯得那麼迷信拘忌卻又自信奮
發。這一切當今的社會現象，其形成的原因當然不會只有一
個，但是，我們不應忽視中國社會種種的傳統因子在其中所
起的作用，尤其是源遠流長的巫術傳統，雖不一定是一個決
定性、主導性的因素，但它至今仍存留在我們的社會總是個
事實，它會對我們的社會造成影響，也總是個不爭的事實吧！
無論我們喜不喜歡這樣的一個傳統，它畢竟在我們的社會裡
存在了數千年之久，我們應該更進一步好好的檢視一下這個
傳統，並思索：我們該如何承繼或揚棄，該如何轉化或摧毀。

巫覡與樂舞

引　言

　　1906 年，劉師培在《國粹學報》上發表了〈舞法起於祀神考〉一文，文中斷言：「三代以前之樂舞，無一不原於祭神。」並說：「樂舞之職，古代專屬於巫。」此說一出，巫覡與中國古代樂舞的緊密關係於是漸為學者所注意。例如，1915年，王國維在《宋元戲曲史》中，開門見山說：「歌舞之興，其始於古之巫乎？……古代之巫，實以歌舞為職，以樂神人者也。」接著，他又進一步推斷：「靈（巫）之為職，或偃蹇以象神，或婆娑以樂神，蓋後世戲劇之萌芽，已有存焉者。」

　　其後，不少研究殷商卜辭的中外學者（如于省吾、白川靜、L. C. Hopkins 等），也紛紛提出類似的看法。其中，以陳夢家的說法最為斬釘截鐵，也最具影響力。他認為「卜辭的舞完全應用於求雨，無一例外，而舞為巫者的特技，求雨是

巫者的專業」，而且「古代倡優、戲劇、歌舞，一皆發源於巫」（〈商代的神話與巫術〉）。

對於這種「樂舞與戲曲起源於巫覡」的說法，數十年來，不斷有學者利用各種新舊材料，從不同的角度予以支持和補證。雖然，質疑的聲音也時有所聞，不過，大家仍一致認為，中國歷代的巫覡大多精擅於樂舞表演。然而，我們不禁要問：樂舞在巫覡儀式中究竟扮演了什麼樣的角色？要回答這個問題，我們首先得看「巫覡」究竟是一種什麼樣的人。

巫覡：人神之間的媒介

根據春秋時期楚昭王（前515～前489）的臣下觀射夫的陳述，中國在遠古時代，曾經有一段時期，任何人都可以直接和鬼神溝通，人的世界和鬼神的世界雜揉不分，因而引發不少災禍。因此，到了顓頊在位之後，便命令重和黎二人斷絕溝通天地的管道。一般人於是被隔離於鬼神世界之外，只有巫覡才能和鬼神直接接觸。而所謂的「巫覡」，觀射夫說：

> 民之精爽不攜貳者，而又能齊肅衷正，其智能上下比義，其聖能光遠宣朗，其明能光照之，其聰能聽徹之。如是，則明神降之，在男曰覡，在女曰巫。（《國語·楚語》）

根據這個說法，巫覡其實是一種具有某種精神特質（「精爽不攜貳」）和特殊才能（「聖、智、聰、明」），而能召降鬼

神的人。透過巫覡，鬼神可以開口，可以鮮活的現身於俗人眼前，可以直接彰顯其意欲，而人則可以表達其希望、欲求、苦痛和憂懼。因此，我們可以說，巫覡是中國傳統社會最具權威的人神溝通媒介。而在溝通人神之時，樂舞表演常常是整個儀式中最主要的節目之一。例如，〈九歌〉描述楚巫祭神的場景，起首即言：

> 吉日兮辰良，穆將愉兮上皇。撫長劍兮玉珥，璆鏘鳴兮琳琅。瑤席兮玉瑱，盍將把兮瓊芳。蕙肴蒸兮蘭藉，奠桂酒兮椒漿。揚枹兮拊鼓，疏緩節兮安歌，陳竽瑟兮浩倡。靈偃蹇兮姣服，芳菲菲兮滿堂。五音紛兮繁會，君欣欣兮樂康。

由這段描述，我們知道，古代楚國的巫師，祭神之時，會選擇一個良辰吉時，戴上玉飾，佩上長劍，鋪就玉席，持拿瓊枝，奉獻佳肴美酒。然後播起鼓來，緩緩而歌，吹竽彈瑟，高聲而唱。接著，妝扮姣美的靈巫為神所憑附，以溫柔纏綿的步伐舞動身子，美麗的服飾和姿影使芳華的氣氛佈滿室堂。而在悅耳豐美的樂舞聲裡，人神同感喜悅和歡樂的氣息。此外，從這段描述，我們也知道，巫覡表演歌舞之時，至少使用了鼓、竽、瑟三種性質很不一樣的樂器。

巫覡的樂器

在巫覡所使用的樂器中，鼓應該是最常用，也最為傳統。

《漢書‧地理志》談到古代陳國巫俗時，便引《詩經‧陳風‧宛丘》言：「坎其擊鼓，宛丘之下，亡冬亡夏，值其鷺羽。」漢代桓譚《新論》也說，楚靈王「信巫祝之道」，「躬執羽紱」「鼓舞自若」。王符《潛夫論》論東漢社會風俗，也指出當時婦女「起學巫祝，鼓舞事神」。至於具體的事例，則王莽末年，起兵反叛的「赤眉軍」中便有齊巫能「鼓舞祠城陽景王（神）」，而東漢末年的軍閥李傕手下也有女巫能「歌謳、擊鼓下神」。六朝文獻中，巫者擊鼓或「鼓舞」事神的記載也頗不少。例如東晉歷陽的張應、安城的安開，劉宋時期襄陽的陳安居之伯父都是能鼓舞的巫者。

　　唐宋之後，類似的記載仍不絕於書，比如，《宣室志》便載有唐時女巫鼓舞「醮神」之事例。范仲淹描述北宋巫者祈雨的情形也說：「今秋與冬數月旱，二麥無望愁編氓，……荒祠巫鼓徒轟轟，昨宵天意驟回復。」其他宋代詩人如秦觀、郭祥正也都寫下類似的「求雨」詩篇。不過，巫者「鼓舞」的場合並不限於祈雨，一般的祭神儀式也往往可見，例如王令 (1032～1059) 的〈古廟〉一詩便寫道：「工鼓於庭巫舞衣，祝傳神醉下福禧。」

　　巫覡所使用的「敲擊樂器」（又可細分為「打擊」、「敲擊」、「拍擊」、「碰擊」、「撞擊」、「引擊」、「夾擊」七種），除了鼓之外，還有：鈴、鐸、鐘、鐃和鑼。例如，南朝巫覡祭蔣子文和蘇侯神，便使用鈴鐸（《南史》卷三二）。宋代沈遼 (1032～1085) 的〈樂神〉詩也寫道：「大巫龐衣手搖鐸。」至於鐘鐃的使用，東漢應劭《風俗通義》記載汝南風俗，曾言眾巫禱祀「鮑君神」時「鐘鼓」並用。西晉末年，會稽女巫

章丹和陳珠至夏敬寧家中舉行祭祖儀式時，也是「撞鐘擊鼓」（《晉書》卷二四）。《百粵風土記》記載粵人之俗也說：「粵人淫祀而尚鬼。病不服藥，日事祈禱。……延巫鳴鐘鐃，跳歌舞，結幡焚楮，釃酒椎牛，日夕不休。」

有關用鑼的記載，則宋代洪邁《夷堅志》載有一名村巫替婦女除魅時 「集鄰里僕僮數十輩，如驅儺隊……鳴金擊鼓」。廖剛 (1070～1143) 的《高峰文集》也載有當時宣州涇縣境內一名女巫「輒以祈雨為名，聚集不逞之徒，率數百為群，持棒鳴鑼，遍行村落，穿歷市井」。此外，清代阮元的《粵東筆記》記永安巫師療病儀式也說：「永安俗尚師巫，人有病，重則畫神像於堂，巫作姣好女子，吹牛角，鳴鑼而舞，以花竿荷一雞而歌。」廣東《興寧縣志》記當地之俗也說：「病鮮服藥，信巫覡，鳴鑼吹角，咒鬼令安適。」

由廣東民俗來看，清代巫者除了鳴鑼之外，還會吹牛角。而巫者「吹角」之事，至少可前溯至宋。例如，《夷堅志》載巫者療病儀式便云：「欲掩鬼不備，乃從後門施法，持刀吹角，誦水火輪咒而入，病者即日皆安。」陳淳 (1159～1223) 描述宋代福建龍溪縣的巫師行徑時也說：「或攜刀子，或鳴牛角。」（《陳北溪先生全集》卷二七）此外，前引沈遼〈樂神〉詩中也提到：「大巫龐衣手搖鐸，群兒伐鼓更鳴角。」

巫覡所使用的吹奏樂器 （又可分為有簧片和無簧片二種），除了牛角之外，另有竽（見〈九歌〉）和簫。王維的〈涼州郊外遊望〉一詩描述民間祭神的情景便提到：「婆娑依里社，簫鼓賽田神。灑酒澆芻狗，焚香拜木人。女巫紛屢舞，羅襪自生塵。」可見唐代巫者在祭祀的場合，可以簫鼓並用。

此外，劉禹錫的〈陽山廟觀賽神〉一詩也寫道：「洞簫愁絕翠屏間，荊巫脈脈傳神語。」至於宋代巫者用簫的記載，可見於李若水的《忠愍集》，其〈村家引〉描述鄉野秋天社祭的場景便說：「鄰老相邀趁秋社，神巫簫鼓歡連夜，明年還似今年熟，更拚醉倒籬根下。」這和唐代王維在西北涼州所觀察的巫覡社祭非常類似。

除了「敲擊」和「吹奏」樂器之外，巫覡樂舞也常使用各種絃樂器。東漢時期著名的孝女曹娥，其父曹盱便「能絃歌為巫祝」（《後漢書》卷八四），而六朝時期流行於江南一帶的巫歌以「神絃歌」為名，更顯示巫者實以「絃歌」為其主要技能之一。至於巫者所使用的絃樂器，應包括最普通的琴瑟（見〈九歌〉）。此外，唐巫似頗流行用琵琶。例如，《朝野僉載》所提到的女巫何婆和來婆都精擅於以琵琶卜事，而《靈異記》所載的長安女巫和《廣異記》所載的華岳廟神巫則是用琵琶以通神或召魂。而宋代之時仍可見巫者以琵琶降神，例如北宋梅堯臣 (1002～1060) 的〈賽昭亭神〉一詩便寫道：「琵琶嘈嘈神降言，福汝祐汝無災孽。」

除了琵琶，巫者有時也用「胡琴」。例如，《靈異記》便載有唐代蘇州男巫趙十四彈胡琴替許至雍召請其妻亡魂的故事，而《逸史》則記載一名女巫彈胡琴以通神，傳達廉貞星神的旨意給裴度之事。而比較特殊的絃樂器還包括東漢王充《論衡・論死篇》中所提到的「元絃」，其原文寫道：「巫叩元絃，下死人魂，因巫口談。」大意是說，巫者能叩擊「元絃」，使死者的靈魂憑附在巫者身上而與活人交談。而所謂的「元絃」或許就是其他民族（如日本和北亞的塔塔兒族）的

巫師所使用的單絃的弓，或是中國傳統文獻中所提到的「一絃琴」。

以上所開列的樂器清單，只是就少數文獻進行搜尋所得，也許有所遺漏也說不定，而且也不包括中國境內眾多少數民族（如滿族、苗族）巫師的樂器。但由以上所引述的材料來看，我們似乎可以說，中國歷代巫覡在儀式的進行過程中，往往會使用各種樂器以進行樂舞表演，而其中包括「敲擊」樂器中的鼓、鈴、鐸、鐘、鐃、鑼，「吹奏」樂器中的竽、簫、牛角，和絃樂器中的琴、瑟、琵琶、胡琴，甚至弓或「一絃琴」。這些樂器有時可單件使用，有時則可二種或多種並用。

樂舞的功能

文獻中提及巫覡的技能或儀式時，常常將「鼓舞」或「絃歌」連稱並用，這充分說明，樂器演奏的基本功能在於提供巫覡做歌舞表演時所需的節奏或旋律。

其次，樂舞的娛樂功能也不可忽視。王逸的《九歌章句》序文就說：

> 昔楚國南郢之邑，沅、湘之間，其俗信鬼而好祠。其祠，必作歌樂鼓舞以樂諸神。

有不少的志怪小說也說鬼神「頗好音樂」。因此，巫覡樂舞表演的目的之一是為了「娛神」大概是沒問題的，而在演

出過程中，自然也會達到「娛人」的效用。

　　但是，樂舞有時也可做為一種對抗鬼神的武器。前引一些有關巫覡療病和除魅儀式的資料就已清楚顯示，一些「敲擊」樂器可用來逐除鬼魅之用。

　　最後，值得我們注意的是，樂舞也具有召降鬼神的作用。許慎《說文解字》定義「巫」字時便說：「巫，巫祝也，女能事無形，以舞降神者也。」《論衡‧論死篇》也說明巫能「叩元絃，下死人魂」。至於「擊鼓下神」，或使用其他絃樂器以召喚鬼神和亡魂的事例，就前面所引的材料來看，其實也頗不少。然而，舞蹈或音樂為什麼能令鬼神憑附在巫者的身上呢？要回答這個問題，自然會牽扯到「有沒有鬼神？」「鬼神附身是不是真的？」這類難以定奪的個人信仰的問題。

　　倘若撇開鬼神的信仰和宗教的脈絡不論，現代的神經生理學家和心理學家其實也提供了一個還算合理的解釋。他們認為，當巫者被鬼神「憑附」(possession) 時，其精神狀態往往進入一種「迷離」(trance) 的境界，也就是心理學家所稱的「意識的變異狀態」(Altered State of Consciousness)。這種精神狀態主要是由腦部一種叫做安多芬 (endorphin) 的化學物質所主導。至於導致腦部分泌這種物質的原因則包括：規律性的肢體動作（諸如：顫抖、晃動和舞蹈）、節奏性的聲音（尤其是鼓聲和各種敲擊聲）、極端恐怖或痛苦的經驗（尤其是面臨死亡的威脅）、夢（尤其是噩夢），以及精神藥物。這也就是說，經由上述的幾種方式，即使是一個平常人也可能進入那種「迷離」的精神狀態，恍如被鬼神附了體似的。而大多的巫者都精擅這些技能，並且具有比較特殊的體質，使

其更容易變異其意識而造成所謂「鬼神附身」的現象。

結　語

　　巫覡這種人（在臺灣俗稱「童乩」）在中國古代社會曾擁有相當高的政治社會地位，在中國古代文明的締建過程中也扮演了相當重要的角色，有人甚至認為，中國的文學、醫學、卜筮、戲劇和樂舞的傳統都是由古代的巫覡所開創。無論真假如何，大約從西元前第一世紀起，由於政治社會環境的變遷，再加上儒家官吏的打壓和其他宗教的競爭，巫覡便逐漸淪為中國社會的邊緣人物。近代以來，在「新文化運動」和「全盤西化」的浪潮衝擊之下，巫覡更被新一代的知識分子視為舊中國一切「迷信」和「陋習」的主要代表。長久以來，巫覡這種人在知識分子的眼中，是譏諷、厭惡、咒罵和攻擊的對象，也因此，很少能夠進入學術的殿堂成為研究的主體。然而這種人在中國社會中，並不曾因為政治權力的壓制或其他宗教的競爭而消失，更不曾因知識分子的鄙視而滅絕。相反的，他們仍活躍在各個角落，仍擁有相當數量的信徒。他們的儀式，他們的樂舞，仍是眾所矚目的焦點。對於這樣一個古老而又強韌的傳統，無論我們喜歡或厭惡，其實都應該有一些基本的認識和瞭解。而就像這篇短文所顯示的，巫覡的世界其實並不那麼粗鄙，也不是那麼難以理解。

臺灣童乩

童乩——群眾堆裡的明星、學者和「當局」端正的對象

在臺灣，到過神壇或廟宇的人，應該不難看到「童乩」這種人的表演。他們有男有女，有老有少，其共同的特徵則是顫抖著身子、搖晃著腦袋、踏著奇怪的步伐。他們嘴裡往往說著令人難懂的話語，手中則操弄著各式各樣的「令旗」（通常是青、紅、白、黑、黃五色旗，或叫做五營旗或五鋒旗）或是兵器（通常是俗稱「五寶」的「七星劍」、「鯊魚劍」、「刺球」、「銅棍」、「月斧」）；時而指天畫地，時而揮動兵器劈、砍、割、刺自己的額頭、肩背、舌頭、胸膛、雙頰……，弄得鮮血淋漓，深深吸引著眾人的目光。即使血流得不夠鮮紅奪目，他們披散的頭髮、赤裸的上身，或是奇異的頭冠、肚兜和圍裙裝扮，也足以在熙攘的群眾堆裡凸顯出

他們特殊的風格和角色。

　　這種人在臺灣漢人的宗教、社會中所扮演的重要角色，其實也頗引人注目，有不少的學者便曾針對他們做過研究。只是，他們所引來的卻往往是鄙夷、責難、嘲弄、猜疑的眼光。在那些自詡為「科學」、「理性」、「進步」、「文明」的人士眼中，「童乩」可說是「迷信」、「野蠻」、「瘋狂」、「落伍」、「可笑」、「詐騙」、「殘忍」的集大成。舉例來說，1979 年，鹿港舉行第二屆全國民俗週，會中原訂有童乩遊行表演的節目，卻因一些學者專家的反對而被迫取消，其中一位當年參與「反對」的學者，事後報導了他們的「德政」說：

> 會中對童乩是否應該參與陣頭遊行表演的事情討論激烈，大家一致的看法是應該取消，雖然童乩的參與可代表臺灣民間宗教上的一項特色，並富有強大號召參觀的力量，但這種砍殺錘擊、血流滿身的鏡頭，實在過於殘忍，在端正善良民俗風氣聲中，可能引起不良的教育效果，好在主辦當局從善如流，那年民俗週，便取消了童乩遊行表演的節目。

依他和其他學者專家的意見，「童乩」的確是臺灣民間宗教上的一項特色，卻不是「善良」的民俗風氣，「當局」有必要予以「端正」。然而翻開「童乩」的歷史，我們將會發現，「童乩」在這座島嶼上，至少已存在有數百年之久，而且一直是臺灣民間宗教最主要的代言人，假如他們所代表的是「不善良」、「殘忍」的風俗，那麼，我們這群活著的「臺灣人」豈

不都是一群愚昧、野蠻、不善之人的後裔？即使是 1949 年之後才渡海來臺的「大陸人」也不例外，因為，類似「童乩」的人物（文獻上一般稱作巫覡），在中國至少也有數千年的歷史，他們也遍存於各個角落、各個社會階層、各個時代，而且擁有眾多的信徒，自西元前第一世紀起，雖然屢遭儒家官僚的打擊，以及後來的僧尼、道士、基督教傳教士和信徒的壓迫、詆毀和攻擊，卻始終不曾滅絕。

假如這種人真的如某些學者專家（尤其是精神科醫生）所說的，是一種「智力低」、「人格不成熟」，或有「妄想症」、「精神分裂症」的人，那麼，他們又豈能「騙財騙色」？被他們騙的人，或信服他們的民眾，豈不是智力更低？瘋得更厲害？歷代的中國人和臺灣人，豈不絕大多數都是白癡或瘋子？果真如此，那麼，教科書和新聞媒體所歌頌的「中華文化」、「中國文明」、「臺灣奇蹟」，又是誰創造和承傳的呢？光憑文、武、周公、孔子、孟子，外加國父孫中山和先總統蔣公？或再加李登輝總統以及某些「不迷信」的專家學者？還是要歸功於海峽彼岸所崇奉的馬、恩、列、毛，外加鄧小平同志？或許都是。但是，必須注意的是，行孔孟之道、讀《三民主義》和背《毛語錄》的人，大多數也拜童乩的「偶像」；偷偷的或光明正大的拜。因此，要想瞭解中國或臺灣文化、歷史的全貌，絕不可忽視「童乩」這類人物的存在，絕不可因一己的好惡和信仰，而將真真實實「存活過」的一種人從歷史的系譜中剔除掉，或刻意扭曲其本來面目。將人「剔除」和「扭曲」的手段其實比「童乩」更殘酷、更野蠻，因為他們砍劈的不是自己，而是別人的肉體和尊嚴。欠缺「同情」與

「理解」的人，我相信不會是個好的歷史學家。本文目的並不在於替「童乩」做辯護或宣揚他們的信仰及社會功能，只想藉著文獻的記載，指明這種人在臺灣歷史上存在、活躍的事實，以及他們被某些學者和官僚所刻劃成的歷史形像。

「童乩」釋名

「童乩」這個名詞不僅通行於臺灣，在海峽對岸的廣東、福建，以及東南亞的華人社會中，也使用這個詞彙來稱喚那些「能降神，替人消災解禍、治病祈福的人」。然而，為什麼要叫這種人為「童乩」（閩南語一般讀作 dang-gi）呢？中央研究院院士李亦園先生曾給過一個簡單扼要、廣為學界所接受的「標準答案」，他說：

> 「乩」是卜問的意思；而在古時候大致做乩的人都是年輕人，所以稱為童乩或乩童。

宋龍飛先生則說：

> 乩就是占卜決疑的意思，因為大部分成為童乩的人，都是孩提時代，他們又能替神行卜決疑難，因之便稱之為童乩或乩童。

劉枝萬先生也說：

　　童乩一詞，或常稱為乩童。惟此名詞，當傳自福建，
固非臺灣之特稱。乩係指扶鸞之器具，想是兩者之功
能，均為傳達神意，故由器具援用於對人之名稱者也。
然其重點卻在童字，故有時簡稱為童，而僅稱乩乃指
扶鸞。鬼神附體於孩童之習俗，見諸許多民族，而在
中國卻與古代祭尸之俗有關，且神靈依附男童之習俗，
遍見於大陸各地。

這種說法可說普為學界所接受，即望文生義的將「童」字解
釋為「孩童」（或年輕人），再加上中國古代的確有用「侲
子」、「童子」於逐疫之禮的記載，宋之後，文獻上又有福建
地區以「童子」（或寫作「獞子」、「僮子」）降神之俗，因此
頗具說服力。但是，奇怪的是：絕大多數的研究報告卻無法
證明或顯示多數的「童乩」是「孩童」，或是在孩童時期就成
為童乩。李亦園先生算是比較敏感的，也許是意識到這個矛
盾，因此解「童」為「年輕人」以「接近」事實（究其實，
仍有不少中年、老年的童乩），並且說那是「古時候」的情
形。然而，無論所謂的「古時候」究竟有多古，從現有的文
獻記載來看，根本就沒有證據足以顯示所謂的「巫覡」或「童
乩」這類人物大多是「年輕人」，更別說是「孩童」。那麼
「童」究竟是指什麼呢？有一位基督教的宣教師這麼說：

　　根據臺灣民間的習慣，除把神人之間的靈媒叫做「童
乩」外，又稱做「乩僮」或「僮子」（後者為客家人的
用法），……但正確的用法應為「童乩」，因「童」字

為「童昏」、「童蒙」的意思，喻「童乩」被神靈附身
的無知愚陋狀態。

這也是一種望文生義式的解法，再加上作者對其本身信仰(基
督教) 的「優越性」的「迷信」，以致有此一說。這一說不僅
罵「童乩」「無知愚陋」，且硬指使用這個字眼的人都在侮辱、
輕視「童乩」這種人，真可謂蠻橫。

　　倘若「童乩」之「童」並不指「孩童」，也不指「童昏」，
那麼，又是什麼意思呢？我不是所謂的「專家」，所以，只能
借別人的成說，來提供另一個可能的答案。首先，必須指出
的是，"dang-gi" 這個語詞雖然可能出現得相當早，但是寫成
漢字「童乩」，並且成為閩、臺地區常用的詞彙可能是十九世
紀以後的事。例如同治十年 (1871) 陳培桂修的《淡水廳志》、
光緒十八年 (1892) 林豪修的 《澎湖廳志》、 光緒十九年
(1893) 沈茂蔭修的《苗栗縣志》，記載當地「信鬼尚巫」的習
俗時，都提及「乩童」這種人，而光緒十一年 (1885) 以福建
巡撫劉銘傳之名立於澎湖媽宮的碑文中也說：

　　左道異端，實閭閻之大害；妖言惑眾，為法律所不容。
　　乃有不法之徒，輒敢裝扮神像，妄作乩童，聚眾造謠，
　　藉端滋事，往往鄉愚無知，被其煽惑，此風斷不可長。

可知「童乩」（或「乩童」）此一名詞常見於文獻之上，大致
要到十九世紀下半葉之後，在此之前的臺灣文獻、方志通常
將這種人依一般中國典籍的寫法，稱之為「巫」或「巫覡」。

而值得注意的是，在韓國文獻中，雖借用漢字以描述其社會中負責降神的神媒，並寫作「巫堂」，然其讀音卻為 "mu-dang"，dang 的音和乩童的「童」完全一致，卻寫作「堂」。此外，據一位研究漢語方言的學者言，近、現代的閩語其實混雜著許多不同語族的詞彙，而其底層則是古越語（現代越南話即其近親）。其例證之一便是「童乩」的「童」，這個字的音，閩南語讀為 dang，指的是能讓神明附體的人或神明附體的現象〔故又稱之為「起童」(ki-dang)〕，而越南話中的 "dang" 也有和神靈溝通、進入精神恍惚狀態的意思。由韓語和越南話的語料來看，「童」字只是 dang 的音譯，故而，許多文獻也寫作「僮」或「獞」或「銅」。這個推測雖然不見得就是正確答案，但至少可提醒我們，「童乩」的「童」並不一定和「孩童」有關，至少不會是指「童昏」、「童蒙」。

童乩：在歷史長流中載沈載浮

「童乩」這個詞彙在臺灣文獻上雖然出現得相當晚，但這種人可能早在十七世紀就隨著漢人及其「王爺信仰」登陸臺灣。據 1660 年至 1662 年期間來臺遊歷的一名瑞士人的記載，當時臺灣已有「王爺」（瘟神）的廟宇、神像，而據劉枝萬先生言，臺灣的「王爺信仰」圈往往和「童乩」的活動圈互相重疊，故可推想，在荷蘭人據臺末期，當時的王爺信仰，想必也是透過童乩這類靈媒而存活於漢人社會中。自此之後，「信巫鬼」便成為滿清統治時期各種文獻描述臺灣民俗最典型的用語，而童乩更是「巫覡」人物中的一大類型。根據「大

清律例」，這種人是被禁絕的，如「禁止師巫邪術律」便說：

> 凡師巫假降邪神，書符咒水，扶鸞禱聖及一應左道惑
> 人者，首犯絞，從犯處流三千里。

可是，這樣的「嚴刑峻罰」卻絲毫阻遏不了童乩者流的活動。
連橫於 1909～1918 年間撰寫《臺灣通史》時仍說：

> 其足惑世誣民者，莫如巫覡。臺灣巫覡凡有數種：……
> 四曰乩童，裸體散髮，距躍曲踴，狀若中風，割舌刺
> 背，鮮血淋漓，神所憑依，創而不痛。

當時，不僅「臺灣人」中的知識階層痛斥童乩的活動，日本
政府更是積極打擊童乩。臺灣總督府於 1908 年公佈的「臺灣
違警例」中至少便有三條可用以取締童乩，例如其第六十五
條規定：「禁止為了祭典、祈禱，而故意傷害自己身體」，這
顯然是針對童乩的表演而來。然而，「臺灣童乩」卻不曾因而
消失，日本學者國分直一在 1942 年出的《民俗臺灣》雜誌中
便曾提到：日據時代，乩童被依「臺灣違警例」取締以來，
即很難立足。依 1918 年的調查，全島共有一一一四人，之後
有漸漸減少的趨向。但是 1937 年，僅東石地方被檢舉者就有
三二九人。1941 年，臺南的乩童人數被列舉出來的也有五七
八人之多。國分直一的結論是：「這是一種很難滅絕的民間習
俗。」

臺灣的「光復」，童乩的「光復」？

　　無論如何，在日本警察嚴厲取締之下，童乩的活動大受限制。所以，當 1945 年日本戰敗，撤離臺灣之後，臺灣各大廟宇便展開「採童」（即選取、訓練新童乩）的活動，以期光復。不過，他們沒料到，到臺灣來「接管」的國民政府卻是「科學」的信徒，「破除迷信」、「端正風俗」一直是「當局」的「政策」，而童乩自然是「迷信之尤者」，因此，吳瀛濤先生在 1959 年發表於《臺灣風物》的一篇文章中便說：

> （童乩）其狀被髮半裸狂踊而行，五體血流淋漓，跡象無外乎極是瘋狂殘暴，因其給與無智迷信之徒弊害之深甚，屢遭檢舉的結果，十多年來已近滅跡了。不過這種童乩的存在，曾經給人的深刻印象，至今還不失為談起往昔臺灣民俗的最好獵奇題目。

　　假如這是 1959 年的情形，而吳先生的觀察也沒錯，那麼，1945～1959 年的十多年間大概是臺灣童乩最難受的日子了。不過，研究「薩滿信仰」(shamanism) 的學者在各個人類社會所觀察到的普遍現象，亦即：舉凡「自然災禍頻仍、社會動盪不安、人心極度不安苦悶」的社會，必見「薩滿」(shaman) 活躍其間，其實也適用於臺灣社會和臺灣的「童乩」（許多學者都一致認為童乩和薩滿其實是同一類型的人物），因為「童乩」這種人物及其狂肆不拘的儀式，正好提供了在

文化上、語言上、政治上被壓制的臺灣早期移民及其後裔，一個最好的宣洩管道和寄寓心情的對象。所以，童乩雖然仍遭強力壓制，卻不曾消失。

董芳苑先生於 1975 年出版的《臺灣民間宗教信仰》中便說：

> 不可否認的，「童乩」與「法師」在今日的時代依舊是民間信仰的靈魂人物，凡地方的廟宇舉行祭典，都少不了他們。

董先生認為「童乩」的存在「不但有衛生上的弊害，尚有教育上、風俗上，以至宗教上的流弊」，所以他對「童乩」（及「法師」）在 1970 年代臺灣民間信仰中的地位之評估，應是肺腑之言，因為他相信「耶穌基督」能使臺灣同胞「脫離巫術的魔障」，成為「新民」，並期待「基督教」能取代童乩和法師在臺灣民間信仰中的重要地位。此後，1976 年，李亦園先生也發表了〈是真是假話童乩〉一文，文中曾言：

> 在臺灣的鄉間幾乎大部分的村廟都有童乩或扶乩存在，即使在現代化教育至為普遍的臺北市，據估計仍有七百多座神壇附有各種不同替神說話的人。

到了 1982 年，有位醫生更是抱怨道：

> 在國內平均每十萬人口中才有一個精神科醫師，但以

高雄市旗津來說，五萬人口就有五十名乩童，平均每一千人中就有一名乩童。

更有人宣稱：在臺灣只要有人居住的城鎮或聚落，幾乎到處都有童乩活動的蹤跡，「人口之眾，有如過江之鯽」。詭異的是，人口如此之多的「童乩」，在 70、80、90 年代的臺灣，卻仍然會被一小撮的學者專家禁止參加「臺灣民俗」的表演活動，仍然有人敢公開罵其「迷信」、「瘋狂」、「愚陋」、「欺詐」、「殘忍」……。精神科醫生，早期如曾炆煋醫師，後如文榮光醫師，又如江英豪、黃正仁醫師，更是汲汲於證明「童乩」是一種精神或人格異常者。這其中似乎牽涉到「職業」競爭的問題，然而，眾多「童乩」中，又有誰能反擊那麼「科學」、「理性」、「現代」的觀察、分析和「研究成果」呢？他們其實是無力的。面對許許多多的指責、誣蔑、控訴、壓抑，他們只是一群沈默的弱者，只有神明附體的時候，他們才能大聲而自由的講話。但是，我從不曾聽他們指控過任何學者專家、基督徒、精神科醫生對「童乩」的攻擊，不知童乩的神是寬容而慈悲的，還是真正的「無能」？若是「無能」，大家又何必非除之而後快呢？怪哉！如此眾多的「神的代言人」，在現代的臺灣社會中竟無「代言人」！

童乩研究的歷史回顧

引 言

　　近些年來，臺灣學術界最醒目的一件事，或可說是「臺灣史研究」的勃興，而 1993 年 4 月 30 日總統府正式核准中央研究院設立「臺灣史研究所」一事，更是標示著臺灣史研究另一個新階段的開始。值此之際，身為一個研究歷史的「臺灣子弟」，心情自不免欣悅不已。不過，欣悅之餘，我更盼望有志於臺灣史研究的前輩與後進，真能掌握此一良好機緣，在前人已墾拓過的良田上殷勤耕耘、播種，使世人得以早日看到豐碩的成果。然而，於此春耕之際，我們又該播下什麼樣的種呢？籌設中央研究院「臺灣史研究所」的一些前輩當然早已有些腹案，且已明確地揭櫫了若干未來的研究主題。可是，令人不解的是：以臺灣廟宇之多、祭祀活動之頻繁，「宗教史研究」何以未能列名該所的「工作清單」？是因為目

前尚乏質量俱佳的「臺灣宗教史研究」的學者以組成研究群？
還是認為「宗教史」在臺灣史研究的領域中不具有「優先性」
呢？若是前者，我勉強可以接受，若是後者，則大有商榷的
餘地。無論如何，我希望有志研究臺灣史的學者能多花點心
力在宗教史研究上，這個領域雖然還是相當荒蕪，但也極易
有所創獲。「童乩研究」，便是其中最重要的幾個研究課題之
一。

　　嚴格來說，截至目前為止，幾乎沒有任何一篇有關「童
乩」的研究著作稱得上是「歷史學」的作品。除非我們把清
代時期所編的各種「方志」和連橫《臺灣通史》裡一些浮光
掠影式的零星記載計算在內，否則，我們可以說，「童乩」的
歷史研究還不曾開始。然而，有關「童乩」的研究，卻非一
片空白。相反的，近百年來，已有許許多多的學者，分別從
人類學、民俗學、精神醫學……的角度，記載或分析了臺灣
童乩的活動。他們的研究成果，其實已為歷史學家提供了許
多絕佳的研究素材。

日據時期 (1895～1945) 的童乩研究

　　在日人據臺的五十年間，絕大多數致力於「童乩」研究
的學者，如伊能嘉矩、丸井圭治郎、片岡巖、鈴木清一郎、
增田福太郎、池田敏雄、國分直一、飯沼龍遠等，都是日本
人。他們的研究基本上是以「實用」為導向，亦即配合總督
府治理臺灣的需求而展開其研究工作。他們之中，有些即任
職於日本在臺的殖民政府，例如丸井圭治郎為臺灣總督府編

修官兼翻譯官，鈴木清一郎任職於臺灣總督府警務局，而片岡巖則為臺南地方法院檢查局通譯。而即使不具官方身分，他們的研究工作也大多和官方脫離不了關係，例如增田福太郎的《童乩》(1937) 即由臺南州衛生課出版，國分直一在《民俗臺灣》第一卷 (1942) 所發表的〈童乩の研究〉，其資料來源即由當時的臺南州衛生課長野田兵三博士所提供。即使是當時最傑出的研究者如伊能嘉矩者流，其研究臺灣（童乩）的動機亦在協助日本政府治理臺灣。不過，他們的調查報告和研究成果，事實上也為童乩的活動留下了歷史的見證和紀錄。

日據時期的童乩研究者，查其知識背景，有人類學（含民族誌）家（如伊能嘉矩、國分直一等）；有心理學家（如飯沼龍遠）；也有對於「民俗」有強烈興趣的業餘研究者。他們之中或任職於政府機構（如丸井圭治郎、鈴木清一郎、片岡巖），或任職於報刊雜誌（如池田敏雄）。故而，其研究水平相當參差不齊，但其關心的課題則相當多樣，不過，大致不出下列七項。

第一是「童乩」在臺灣人民的反叛或反抗運動中所扮演的角色（伊能嘉矩，1901、1903）。第二是「童乩」的起源和由來（梅陰生，1901；丸井圭治郎，1919；片岡巖，1921；增田福太郎，1937；國分直一，1942）。第三是對於童乩的信仰和種種法術的描述（丸井圭治郎，1919；片岡巖，1921；鈴木清一郎，1934；增田福太郎，1937；國分直一，1942；池田敏雄，1942）。第四是「童乩」的人格特質及行法時的心理狀態（飯沼龍遠，1955）。第五是「童乩」的正面（滿足信

徒的心理需求、治療疾病等）和負面（斂財、迷信、妨害治安、有礙公共衛生政策之推行等）的社會功能（伊能嘉矩，1901、1903；丸井圭治郎，1919；增田福太郎，1937；國分直一，1942；飯沼龍遠，1955）。第六是分析童乩的社會背景，例如其教育程度、職業、收入、社會地位、成為童乩的過程……等（增田福太郎，1937；國分直一，1942）。第七是童乩與醫藥的關係（增田福太郎，1937）。

上述研究所根據的材料大致都輾轉相抄，記述也非常簡略，很少有利用歷史檔案者（伊能嘉矩是個例外），也少有實地從事田野調查者，大多數人所使用的材料都來自丸井圭治郎完成於 1919 年的《臺灣宗教調查報告書》。然而增田福太郎的《童乩》一書卻相當值得注意。此書雖然也利用了丸井圭治郎的調查報告，但除此之外，作者還利用當時臺南州警務部所取締的數百名童乩的檔案，做為其研究的素材，並且廣泛的討論和童乩有關的各項課題：㈠童乩的檢舉和取締；㈡童乩的定義；㈢童乩由來的傳說；㈣童乩的人物調查（精神狀態、人格、性別、年齡、教育程度）；㈤童乩的修養及開業方法；㈥童乩的祈禱方法（其實即各種儀式和法術的描述）；㈦神明的種類；㈧研究童乩的藥物之方法；㈨童乩常用藥物的種類；㈩處方；⑪藥物的服用方法；⑫童乩的信徒所支付的費用；⑬童乩和通譯的收入；⑭童乩和通譯間的計謀；⑮童乩、通譯和藥商的關係；⑯童乩、通譯和雜貨商的關係；⑰童乩的社會地位；⑱童乩盛行的原因及其對策。這樣的一種研究架構，略作調整之後，其實仍可適用於今日的童乩研究。

臺灣光復之後 (1945～1993)

　　自從臺灣光復之後一直到 1970 年，二十五年之間，有關臺灣童乩的研究幾乎是一片空白。這期間，由何聯奎編纂的《臺灣省通志稿》卷二〈人民志‧禮俗篇〉中，僅用寥寥數語即交待了所謂「深中於人心」的童乩（巫覡）迷信（何聯奎，1955）。此外，1959 年的《臺灣風物》上雖有吳瀛濤的〈臺灣的降神術〉和國敏的〈臺灣的女巫〉二文，但其內容卻毫無新見可言（吳瀛濤，1959；國敏，1959）。1962 年吳醒周發表於《民間知識》上的〈臺灣的女巫——紅姨〉一文，因未得見，故不予置評。無論如何，這段期間的童乩研究似乎毫無進展，這或許和日本學者的撤退，以及本土學者的臺灣研究受到壓抑有關吧！

　　然而，進入 1970 年代之後，有關「童乩」的研究突然之間有了相當蓬勃的發展。首先，日本學者大有捲土重來之勢，如早期的國分直一，即於 1971 年在《民俗學評論》上接連發表了數篇有關臺灣童乩的研究（國分直一，1971）。事實上，早在 1968 年，國分直一即已重返臺灣，於臺南地區重做探訪的工作，並在當時日本學界興起「薩滿」(shaman) 研究的風氣刺激之下，利用舊有資料，重新修訂、出版其舊作。日本年輕一代的人類學家，也開始登陸臺灣從事田野工作。其中，最值得注意的是鈴木滿男，在 1970 和 1980 年代，他至少發表了四篇有關臺灣童乩的研究報告（鈴木滿男，1973、1976、1980、1983），並且在 1973 年於芝加哥召開的第九屆人類學

及民族學國際會議上，成為「臺灣童乩」的代言人（鈴木滿男，1976）。鈴木滿男的研究貢獻主要有三：㈠提供了他於1969 至 1970 年在臺灣的田野工作報告，為童乩史的研究增添新的材料；㈡以比較的方法（以日、韓、臺地區同類型人物為對象）勾勒出臺灣童乩的獨特風貌；㈢站在社會人類學的立場，肯定童乩在臺灣漢人社會中的重要功能。然而美中不足的是其田野報告過於簡略，事例也太少。

1970 年代之後，除了日本學者之外，開始有大批歐美的人類學家陸續來臺從事田野工作，或開始發表其「臺灣研究」報告，而其關注的重點之一則是臺灣的宗教活動、通俗信仰，以及民間習俗。想要從事臺灣宗教史研究的人，絕不可輕忽他們的大量著作。不過，有關「童乩」的研究並不是他們的主要關懷，僅有 Emily M. Ahern, Katherine G. Martin, Arthur Kleinman 等人於探討臺灣的醫療體系時，附帶討論「童乩」的獨特療法 (E. M. Ahern, 1975; K. G. Martin, 1975; A. Kleinman, 1980)。除了醫療人類學之外，也有學者從社會人類學的角度，探索臺灣童乩所存活的社會、文化脈絡及其功能 (Gary Seaman, 1981)。

然而，於 1970 年代之後，投入童乩研究的學者，還是以臺灣本土出身者數量最多。其中又以人類學家、醫師（尤其是研究精神醫學者）、民俗學家、基督教的宣教師或神學院的學生為主。

在臺灣的人類學家中，劉枝萬先生或可稱之為童乩的代言人，其 1970 年代的作品都以日文在日本刊出（劉枝萬，1975、1978），因尚未能一窺其文，故在此無法詳述其論點。

唯從其刊佈於 1981 年的中文講稿來看，其研究仍失之過簡，且未交待其材料來源，殊為可惜，不過，以劉先生長期研究臺灣民間宗教的經驗及豐富學養來說，其若干論點（如童乩密佈的地帶與王爺之信仰圈幾乎一致）仍不可忽視。此外，如宋和、張珣二位女士則循「醫療人類學」的路子探索童乩的活動和社會功能（宋和，1976、1978；張珣，1981），而陳祥水先生則以田野工作報告的方式，詳盡的記錄了一個村落選擇其童乩的整個的過程（陳祥水，1974）。再者，張恭啟先生藉竹北一間乩壇的問乩內容細密地分析了童乩的宇宙觀（張恭啟，1986），而謝世忠先生則著重於討論「童乩」與「尪姨」的性別差異（謝世忠，1986）。此外，李亦園先生曾分析南投縣竹山鎮一名莊姓童乩於 1971 年所完成的二二〇個「病例」，以呈現童乩的信仰及其在臺灣社會中所扮演的角色（李亦園，1976），其後，因 1977 年南投縣名間鄉「受天宮」發生三名童乩與助手因「坐禁」而死亡的事件，故再度利用同一批資料，重新檢視「童乩」「神靈附體」的真假和其「治病解難」的能力，同時也分析了成為「童乩」的幾種情境（李亦園，1977）。值得注意的是，李先生在 1977 年的文章中並不僅扮演一個人類學家的角色，事實上他已成為一名「社會評論者」和「獻策者」，並大談其「處理」「童乩問題」之道。

　　其次，醫師（和精神醫學家）在童乩研究的領域中所扮演的角色也相當重要。他們主要側重於研究「童乩」個人的生活史和家庭背景，以及「童乩」的精神和人格特質（曾炆煋，1972；鄭信雄，1975；文榮光等，1992）。不過，也有部

分著作著重於描述童乩的 「醫者」 角色和功能 （曾炆煋，1971；蔡瑞芳，1975）。童乩之所以會吸引醫學研究者的注意，其主要原因可能有二：㈠童乩「降神」時和所謂的「邪病」（或所謂「靈魂附體」）、精神分裂者、歇斯底里症者病發時的舉止有某些近似之處；㈡「童乩」在臺灣社會中和「醫師」（尤其是心理、精神醫師） 存在著一種職業上的競爭關係。

在臺灣，和童乩有著職業上競爭關係的人，還有基督教的宣教師也曾投身童乩的研究。其中最著名者要算是董芳苑牧師。其〈臺灣民間的神巫──童乩與法師〉一文，基本上可說是充分利用日據時期日本學者的研究成果整理而成，作者雖自言曾加上其「實地的觀察」，文中卻很難發現有任何異於前人的「觀察」結果，而其「結論」更是赤裸裸地表現出其對「童乩」（和「法師」）的嫌惡和攻擊，並大力宣揚其基督教的神學立場和信仰 （董芳苑，1975）。另一本以 「小靈醫」為筆名刊行的《童乩桌頭之研究》，事實上是作者就讀於「神學院」時所寫的碩士論文，其目的就在於要「揭穿」童乩「騙人」的把戲。作者雖自言係以實地查訪的方式取得資料，但是，其二名報導人都非童乩，而是已「改信」基督教的「桌頭」（即童乩的通譯），因此，其可信度甚低 （小靈醫，1977）。然而，此種著作於「童乩史研究」卻有無比的價值，因為競爭者的批判和攻擊，也是構成「童乩史」不可或缺的一部分，同時也可證明童乩在臺灣宗教市場上的霸主地位。

再者，在臺灣一直有為數不少的民俗學者殷勤地從事臺灣民俗的調查和記錄工作。他們的作品也頗有可觀之處，如

黃有興先生對於「澎湖的法師與乩童」的研究，即提供了不少寶貴的資料可用來和臺灣本島的童乩做比較研究(黃有興，1987)。其次，黃文博先生則生動地刻劃了 1980 年代臺灣童乩的面貌，並為他們在這島上活躍的情形留下見證 (黃文博，1989)。而宋龍飛先生則相當忠實地表達出其對童乩的觀感和態度，並轉述了不少其得自友人、傳聞和報章雜誌中有關「童乩」的點點滴滴（宋龍飛，1982），這些被他匯整在一起的資料，正可反映一些所謂的現代「知識分子」對童乩的基本態度。

除此之外，不可忽視的是一些從事新聞、雜誌和攝影的工作者所撰寫的報導、評論，以及所拍攝的影片、相片，這都是研究臺灣童乩史不可或缺的一手史料 （Robert Hegel，1971；邱坤良，1978；趙慕嵩，1982；劉還月，1986；黃漢耀，1986；加藤敬，1990）。

結　語

總之，回顧這百年左右的「童乩研究」史，我們可以發現，歷史學者對於這個課題，幾乎是從古到今都一直保持沈默，偶有記述，也只是一鱗半爪、浮光掠影式的幾筆帶過。這或許是我未曾細察各個歷史學研究所的博、碩士論文，以致有此錯誤印象（但願是如此）。無論「童乩史」的研究領域是否真的荒蕪未拓，我相信其他學科的研究者所留下的「成果」應值得治史者重視和利用。其中有若干課題，更急需以「歷史學」的方法和觀點（配合田野工作）重新加以檢視。

例如：「童乩」一詞的字義和起源即有待釐清。學界對於「童」字至少有四種不同的看法：一謂「童」指「兒童」或「年輕人」（李亦園、劉枝萬等皆持此一看法）；二謂「童」字為「童昏」、「童蒙」的意思，喻「童乩」被神靈附身的無知愚陋狀態（董芳苑）；三謂「童」字乃因神明和其神媒之間存在著一種父子關係，故以「童乩」稱神媒 (Gary Seaman)；四謂「童」之語源為南亞語，只是表音的漢字，其語義則指靈媒為鬼神所憑附時的狀態（鈴木滿男）。這四種說法中以第一、第四種較具說服力，但是，想要證明其說法，除了更廣泛的「語言學」和「民族誌」的調查工作之外，還需借助各種歷史文獻（尤其是明清時期的資料）以斷定其語源和語義。

其次，「童乩」在臺灣史上浮浮沈沈的整個歷程，也唯有透過歷史學的「長時間」觀照，才可以看出其起伏的曲線和影響其盛衰的政治、社會、文化因素。

第三，「童乩」的政治活動（例如反叛），以及歷代據臺政府對待童乩的態度、政策和法令，可說最為其他學科的研究者所忽略，這有賴歷史學者利用歷史文獻和檔案做精密的研究。

第四，「童乩」的支持者和反對者，往往不為研究「童乩」的學者所重視，其實，要瞭解童乩在臺灣社會中的地位變遷和其機能，絕不可不對其支持者和反對者的社會及心理背景做一詳盡的分析。

第五，「童乩」非臺灣之特產，其與東南亞一帶華人社群中的靈媒，以及中國大陸的巫覡之間的親密關係早已為學界所熟悉，更有人將之和歐亞北部以及美洲的「薩滿」相提並

論，然而，其間之關係如何，則大多含混言之，有待進一步
細究，而於比較研究上，歷史學者應可發揮其善於掌握及運
用文獻的長處而獲得較為豐碩的成果。

　　第六，以「人群史」的研究法，撰寫「童乩列傳」，分析
其性別、年齡、婚姻、家庭、教育程度、成為童乩的過程、
職業收入、社會關係、社會地位，乃至其信仰和儀式的內容，
更是史學研究者用以統合各種研究成果的絕佳途徑。

　　總之，童乩研究不是任何人，也不是任何學科的研究者
所能單獨勝任，唯有透過科際間的分工合作，發揮群體的力
量，才能有所成就。現在，應該是歷史學者加入「童乩研究」
陣容的時刻了。

「童乩研究」書目（1900～1992）

1901　伊能嘉矩，〈迷信之勢力及影響〉，《臺灣慣習記事》（中譯本）1：4，
　　　臺灣省文獻委員會譯編，臺中：臺灣省文獻委員會，1984。

1901　梅陰生著，王世慶譯，〈乩童之由來〉，《臺灣慣習記事》（中譯本）
　　　1：7，臺灣省文獻委員會譯編，臺中：臺灣省文獻委員會，1984。（按：
　　　梅陰生應該是伊能嘉矩的別號或筆名。）

1903　伊能嘉矩，〈利用迷信的戴萬生之亂〉，《臺灣慣習記事》（中譯本）
　　　3：7，臺灣省文獻委員會譯編，臺中：臺灣省文獻委員會，1984。

1919　丸井圭治郎，〈巫覡〉，《臺灣宗教調查報告書》第一卷第十二章。

1921　片岡巖，〈臺灣の巫覡〉，《臺灣風俗誌》第十集第一章，臺北：臺灣
　　　日日新報社。

1934　鈴木清一郎，〈巫覡術士の法術〉，收入氏著，《臺灣舊慣冠婚葬祭と
　　　年中行事》，臺北：臺灣日日新報社。

1937　增田福太郎，《童乩》，臺南州衛生課。

1942　池田敏雄著，黃有興、簡俊耀譯，〈關三姑〉，原載《民俗臺灣》第一卷。譯文刊於《臺灣文獻》38：3 (1987)。

1942　國分直一著，周全德譯，〈乩童的研究〉，原載《民俗臺灣》第一卷。譯文刊於《南瀛文獻》8 (1962)。

1955　飯沼龍遠著，林永梁譯，〈關于臺灣的童乩〉，《南瀛文獻》2：3，4。（按：本文原載於《科學の臺灣》，唯譯者並未交代期別及年代，因此仍照譯文出版年代排列。）

1955　何聯奎，〈巫覡與術士〉，《臺灣省通志稿》卷二〈人民志‧禮俗篇〉，臺北：臺灣省文獻委員會。

1959　吳瀛濤，〈臺灣的降神術──關於觀乩童的迷信〉，《臺灣風物》9：5，6。

1959　國敏，〈臺灣的女巫〉，《臺灣風物》5：5，6。

1962　吳醒周，〈臺灣的女巫──紅姨〉，《民間知識》229。

1971　國分直一，〈臺灣のシャマニズム──とくに童乩の落嶽探宮をめぐって〉，收入氏著，《壺を祀る村：臺灣民俗誌》，東京：法政大學出版局，1981。

1971　Robert Hegel, "Of Men Possessed and Speaking Gods," *Echo* 1:3。

1971　曾炆煋，〈社會文化與精神醫學〉，《中央研究院民族學研究所集刊》32。

1972　Tseng Wen-hsing（曾炆煋），"Psychiatric Study of Shamanism in Taiwan," in *Archives of General Psychiatry* 26。

1973　鈴木滿男，〈臺灣の祭禮における男性巫者の登場──民間道教に對する巫術の位相〉，《文學》1973 年 5 月號；收入氏著，《マレビトの構造》，三一書屋，1974。

1974　陳祥水，〈關乩記〉，《人類與文化》4。

1975　劉枝萬，〈童乩の世界〉，《エトノス》3 號（新日本教育圖書）。

1975　董芳苑，〈臺灣民間的神巫——童乩與法師〉，收入氏著，《臺灣民間宗教信仰》，臺北：長青。

1975　K. G. Martin, "Medical Systems in a Taiwan Village: The Plague God as Modern Physician," in A. Kleinman et al. eds., *Medicine in Chinese Culture*, Washington, D.C.: U. S. Government Printing Office, 1975。

1975　E. M. Ahern, "Sacred and Secular Medicine in a Taiwan Village: A Study of Cosmological Disorders," in A. Kleinman et al. eds., *Medicine in Chinese Culture*。

1975　鄭信雄，〈從精神醫學論乩童及個案報告〉，《南杏》22。

1975　王興耀，〈乩童的形成〉，《南杏》22。

1975　蔡瑞芳，〈從中國的醫學演變談乩童的由來〉，《南杏》22。

1975　蔡瑞芳，〈從臺灣民間信仰探討今日乩童存在〉，《南杏》22。

1976　宋和，〈童乩是什麼〉，《健康世界》5。

1976　王溢嘉，〈神諭與童乩〉，《健康世界》5。

1976　Mitsuo Suzuki（鈴木滿男），"The Shamanistic Element in Taiwanese Folk Religion," in A. Bharati ed., *The Realm of the Extra-Human: Agents and Audiences*, The Hague and Paris: Mouton Publishers。

1976　Li Yih-yüan（李亦園），"Shamanism in Taiwan: An Anthropological Inquiry," in W. Lebra ed., *Culture-Bound Syndromes, Ethnopsychiatry, and Alternate Therapies*, Honolulu: Hawaii Univ. Press, 1976。

1977　李亦園，〈是真是假話童乩〉，《中國論壇》3：12；收入氏著，《信仰與文化》，臺北：巨流出版社，1978。

1977　翁臺生，〈童乩的根在那裡〉，《仙人掌雜誌》1：3。

1977　小靈醫，《童乩桌頭之研究》，臺南：人光出版社。

1978　宋和，〈臺灣神媒的社會功能——一個醫藥人類學的探討〉，臺大考古人類學研究所碩士論文。

1978　劉枝萬，〈臺灣のシャマニズム〉，收入櫻井德太郎編，《シャマニズムの世界》，東京：春秋社。

1978　邱坤良，〈敢教天地驚鬼神——南鯤鯓的乩童大會串〉，《時報周刊》18；收入氏著，《民間戲曲散記》，臺北：時報出版社，1979。

1979　鈴木滿男，〈漢人村落の宗教空間における巫——漢蕃接觸地帶の一事例〉，《韓》84號。

1980　鈴木滿男，〈童乩の文化史的背景——南亞語研究を手がかりとして〉，《社會人類學年報》第六卷。

1980　A. Kleinman, *Patients and Healers in the Context of Culture*, Berkeley: Univ. of California Press。

1981　Gary Seaman, "In the Presence of Authority: Hierarchical Roles in Chinese Spirit Medium Cults," in A. Kleinman and T.-Y. Lin eds., *Normal and Abnormal Behavior in Chinese Culture*, Dordrecht, Holland: D. Reidel Publishing Co.。

1981　張珣，〈民俗醫生——童乩〉，《民俗曲藝》10；收入氏著，《疾病與文化》，臺北：稻鄉出版社，1989。

1981　廖昆田，〈薩滿——民俗醫療的心理輔導者〉，收入氏著，《魅力——中國民間信仰探源》，臺北：宇宙光。

1981　劉枝萬，〈臺灣的靈媒——童乩〉，《臺灣風物》31：1。

1982　宋龍飛，〈手之、舞之、足之、蹈之——假託神意替神說話的童乩〉，收入氏著，《民俗藝術探源》，臺北：藝術家出版社。

1982　趙慕嵩，〈鬼神有話他來說——乩童在民間信仰中扮演什麼角色〉，

《時報周刊》248。

1982　賀美,〈群鬼鬧娃娃——茄萣鄉學童集體起乩〉,《時報周刊》229。

1983　鈴木滿男,〈臺灣漢人社會と tangki の構造的關連〉,關西外國語大學
　　　國際文化研究所編,《シャーマ ニズムとは何か》,東京:春秋社。

1986　劉還月,〈神靈顯附乩童身〉,《臺灣民俗誌》,臺北:洛城出版社。

1986　黃耀漢,〈賭吹邪風,學童堂乩童——彰化地區「乩童訓練班」深入
　　　追蹤〉,《時報周刊》428。

1986　黃耀漢,〈八家將遊校園——中南部也有學生跳乩〉,《時報周刊》
　　　428。

1986　張恭啟,〈多重宇宙觀的分辨與運用:竹北某乩壇問乩過程的分析〉,
　　　《中央研究院民族學研究所集刊》61。

1986　謝世忠,〈試論中國民俗宗教中之「通神者」與「通鬼者」的性別優
　　　勢〉,《思與言》23:5。

1987　周榮杰,〈閒談童乩之巫術與其民俗治療〉,《高雄文獻》30、31合
　　　刊。

1987　黃有興,〈澎湖的法師與乩童〉,《臺灣文獻》38:3。

1989　黃文博,〈忘了我是誰——乩童巫器揮祭汩鮮血〉,收入氏著,《臺灣
　　　信仰傳奇》,臺北:臺原出版社。

1990　加藤敬,《童乩——臺灣のシャーマニズム》,東京:平河出版社。

1992　文榮光等,〈靈魂附身現象:臺灣本土的壓力因應行為〉,中央研究院
　　　民族學研究所「中國人的心理與行為」科際學術研討會論文。

中國的占夢書

　　對於中國傳統社會中的人而言,「占卜」是極為平常的一件事,占卜的方法更是極為繁複,例如:有用龜甲的「龜卜」,有用牛、雞、羊等動物之骨頭的「骨卜」,有用蓍草、茅草的「蓍卜」、「茅卜」,有用天文星象的「星占」、「雲占」,有用讖書和籤詩的「讖占」、「籤占」……,數量之多、種類之繁,難以一一列舉。

　　這些占卜之術,雖然大多還保留至今,但仍有一些久已失傳或少為人知,例如,利用夢的內容來占驗吉凶或推測神意的「夢占」之法,雖是極為古老,而且曾是極為重要的一種占卜之法,但在宋代,此法似乎已經相當罕為人知,如南宋洪邁在其《容齋隨筆》一書中便曾說:

　　　　《漢書・藝文志》七略雜占十八家,以《黃帝長柳占夢》十一卷、《甘德長柳占夢》二十卷為首,其說曰:雜占者,紀百家之象,候善惡之徵,眾占非一,而夢

　　為大，故周有其官。……古之聖賢，未嘗不以夢為大，
　　是以見於七略者如此，魏晉方技猶時時或有之，今人
　　不復留意此卜，雖市井妄術所在如林，亦無一簡以占
　　夢自名者，其學殆絕矣！

以洪邁讀書見聞之博雜，尚會有「其學殆絕」的推斷，可見
宋人對於占夢之術已不甚了了，但此術其實始終未絕，只是
並不是每個時代都非常普遍流行罷了。這可從歷代「占夢書」
始終未曾絕跡一事獲得證明。

　　中國最早的「占夢書」，據晉代皇甫謐《帝王世紀》一書
所說，乃是黃帝所作的《占夢經》，這個說法雖然相當可疑，
但在《漢書・藝文志》中也著錄有《黃帝長柳占夢》十一卷，
可見黃帝著作占夢書的說法，大概在西漢之前就已存在了。
而即使這個說法是真的，這本占夢書的內容如何我們也無法
得知。

　　到了夏、商、周三代，據說也都有占夢書，如《周禮》
便記載說：「太卜，掌三夢之法，一曰致夢，二曰觭夢，三曰
咸陟」，而所謂「致夢」、「觭夢」、「咸陟」，根據東漢鄭玄的
說法，便分別是夏、商、周人的占夢書。鄭玄的這個說法雖
然不盡可信，但若說夏、商、周三代之時已有占夢書，倒也
不是件不可能的事。

　　夏代因文獻不足，姑且不論。商代的情形，則可從甲骨
卜辭中得知殷人已屢有「占夢」之事，故說殷王朝的卜官在
占夢之時，已會利用一定的典冊做為參考或依據，應該不是
一種過於虛妄的臆測。

　　至於周代，「占夢」之事設有專官職掌，不僅可從《周禮》所載得知，更可見於《詩經》、《左傳》等先秦文獻。而從諸多占夢的事例來看，周人對於夢的占解，已遵循一定的方法和原則，以此推說周代已有專門的占夢之書，或許不無道理。

　　到了春秋戰國之時，則確然可知有占夢書的存在，例如《晏子春秋》便記載說：

> （齊）景公病水，臥十數日，夜夢與二日鬥，不勝。……晏子對曰：請召占夢者。……使人以車迎占夢者。至，曰：曷為見召？晏子曰：夜者，公夢二日與公鬥，不勝。……故請召占夢，是所為也。占夢者曰：請反其書。

所謂「反（翻）其書」，就是翻檢「占夢之書」的意思。

　　無論占夢書是起源於黃帝時代還是夏商周三代，或是晚至春秋戰國時代才出現，至少，從此之後，歷代都有占夢書存在。例如：

　　秦漢之時，有《黃帝長柳占夢》十一卷、《甘德長柳占夢》二十卷兩種（《漢書·藝文志》），無論這兩種書是著成於什麼時代，至少在漢代尚存於世是可肯定的。

　　六朝時見於當世的占夢書，至少有《占夢書》三卷（京房撰）、《占夢書》一卷（周宣等撰）、《新撰占夢書》十七卷、《夢書》十卷、《解夢書》二卷、《雜占夢書》一卷等八種（《隋書·經籍志》）。

隋唐之時存於世者，可從新、舊《唐書‧經籍志》中搜檢得知，至少有《占夢書》三卷（周宣撰）、《占夢書》二卷（未著撰者）二種。

五代兩宋之時，據《宋史‧藝文志》所載，有盧重玄《夢書》四卷、柳璨《夢雋》一卷、王升《縮占夢書》十卷、陳襄《校定夢書》四卷、《周公解夢書》十卷五種。元代的情形雖未見記載，然而《宋史》係成於元人之手，上述五種占夢書元人應尚得窺見。

明代的占夢之書，至少有張幹山《古今應驗異夢全書》四卷、陳士元《夢占逸旨》八卷、張鳳翼《夢占類考》十二卷三種（《明史‧藝文志》）。

清代所存，則至少有童軒《紀夢要覽》三卷、張鳳翼《夢占類考》十二卷、何棟如輯《夢林玄解》三十四卷三種（《四庫全書總目提要》）。

雖然上述諸書大都已亡佚，但仍有隻言片語尚存於今，如清代馬國翰即輯存了唐代柳璨《夢雋》的部分內容，清代王照圓、洪頤煊也各輯了不詳撰者的一卷《夢書》；此外，明初所刻的《夢書》二卷殘本、明末所刻的張鳳翼《夢占類考》十二卷、陳士元《夢占逸旨》八卷、何棟如輯的《夢林玄解》三十四卷也都原樣存留至今。

此外，敦煌所遺留的諸多經卷中，據王重民《敦煌遺書總目索引》所載，也有《解夢書》六種，以及《夢書》、《解夢書殘卷》、《別解夢書》、《新集周公解夢書》一卷等四種占夢之書。也就因為有這些書，才使我們對中國古代占夢書的具體內容不至於一無所知，也使我們知道中國的占夢傳統，

實可謂源遠流長，始終不絕，而無論我們要賦予這個傳統何
種評價，我想，我們總得先看看這些書再說。

夢的解析——中國篇

　　利用「夢」來推測神意或占驗事情的吉凶，乃是世界上
許多人類社群共有的行事，其中歷史最悠久、經驗最豐富的
一個社群可能就是中國。因為，根據傳說，中國早在黃帝時
代就已出現專門用來解夢的「占夢經」。即使這個傳說不可
信，至少，在殷商時代已有占夢的情事，乃是確切無疑的，
因為在甲骨卜辭中，我們已可看到許許多多有關占夢的記載，
而從殷商以後一直到清代，在大約三千年左右的時光裡，有
關占夢之書的記載一直不絕於書，各種專門的「占夢書」也
一直流傳於歷代的中國社會中，可見，中國的占夢傳統的確
說得上是源遠流長。

　　中國雖然擁有這麼一個源遠流長的占夢傳統，但從二十
世紀以後，中國的知識分子，無論是因為自命為西方「科學
主義」的信徒，還是因為堅持「不語怪力亂神」的傳統儒家
觀念，幾乎都抱著漠視、輕視，甚至是敵視的態度來看待這
個傳統，往往一句「迷信」或「幼稚」就將這個重要的歷史

現象否定掉了，我們幾乎看不到有任何一位中國學者，曾對這樣的一個傳統，抱著「理解」與「探索」的態度去做一番研究的工夫。然則，這樣的一個課題是否真的不值得花力氣去研究呢？我想並不然。根據近代西方的人類學家和心理學家的研究，我們已認識到：「夢」不僅僅是人類的一種生理現象，同時還是一種複雜的心理活動和文化行為，而「占夢」這樣的行事，其所預設的觀念——夢是事件的前兆，也不純是一種迷信和荒謬的信仰，例如著名的心理學家佛洛姆(Erich Fromm) 就曾指出：夢境成為事件的預示，乃是做夢者「洞察力」的一種表現，這種現象乃是「可能」而且「合理」的。由此可知，我們其實不必鄙視先人的「占夢」行為和觀念，因為他們和現代的一流學者所相信的並沒什麼兩樣。因此，我想，我們也到了一個重新「認識」和「評估」這個傳統的時候了，而首先要做的工作就是先認識他們的觀念和理論。

中國的占夢傳統既是源遠流長，相關的理論和觀念自然不會一成不變，再加上只有極少數的「占夢書」還存留於世，所以，要想精確而詳細的描述中國歷代的各種占夢理論，實在是一件不可能的事，不過，至少有兩個基本的觀念卻是自始至今很少有過變異。

第一種觀念是肯定夢與人事的吉凶之間有著緊密的關聯性。這也就是說，古人認為：「夢境」乃是未發事件的一種「徵兆」，這種徵兆往往預示了吉凶。例如《詩經·斯干》便記載說：「下莞上簟，乃安斯寢，乃寢乃興，乃占我夢。吉夢維何，維熊維羆，維虺維蛇，大人占之。維熊維羆，男子之

祥，維虺維蛇，女子之祥」，這是以夢到「熊羆」和「虺蛇」為將會生男生女的「吉兆」。而《禮記·檀弓》記載孔夫子的話說：「夏后氏殯於東階之上，則猶在阼也。殷人殯於兩楹之間，則與賓主夾之也。周人殯於兩階之上，則猶賓之也。而丘也，殷人也，予疇昔之夜，夢坐奠於兩楹之間，夫明王不興，而天下其孰能宗予，予殆將死也」，則是以夢「坐奠於兩楹之間」為將死的「凶兆」。至於為什麼夢境能預示人事的吉凶，則有兩種不同的理論，一種是一般術士所認為的：夢乃是鬼神用來向人傳達其意旨的一種手段，這種「傳達」有時並不是一種非常直接而清楚的告示，而是用「象徵」和「隱喻」的方式來表示，這也就是夢需要占解以知道吉凶的原因。另一方面則是一般儒家學者所說的：夢是人之精神與天地陰陽相流通、感應的結果。把這種觀念陳述得最簡明的要算是朱熹，他說：「人之精神與天地陰陽流通，故晝之所為、夜之所夢，其善惡吉凶，各以類至」。不過，這兩種理論並不是絕對互斥的，在許多人的觀念裡往往也不區分得這麼清楚。

　　第二種觀念是認為：夢境所要預示的事件和吉凶，可以用一定的解釋「法則」來加以判定。至於判斷的準據，主要有三項：一是做夢的時間；二是做夢的內容；三是做夢的人。

　　所謂做夢的時間，即如《周禮·占夢》所說的：「占夢，掌其歲時，觀天地之會，辨陰陽之氣，以日月星辰占六夢之吉凶。」對這段話可以有兩種不同的理解，一種是說：同一夢境，會因做夢之時所處的年歲、季節、月日、時辰之不同，而有吉凶之不同，例如明代的占夢書《夢林玄解》所載的「甘德時令干支休咎圖」即反映了這種觀念，另一種是說，無論

夢境的內容為何，做夢時的「時間」本身即決定了吉凶，這在敦煌寫本《新集周公解夢書》一書的〈十二支日得夢章〉、〈十二時得夢章〉、〈建除滿日得夢章〉中可找到例證。

　　所謂做夢的內容，就是說，夢到不同的事物所預示的吉凶也就不同。至於何種事物為吉、何種事物為凶，則諸家理論並不一致，不過，大致上還是有準則可言，如東漢王符《潛夫論・夢列篇》便說：「凡察夢之大體，清潔鮮好、貌堅健、竹木茂美、宮室器械新成、方正、開通、光明、溫和、升上、向興之象，皆為吉喜，謀從事成。諸臭汙腐爛、枯槁絕霧、傾倚徵邪、劓刖不安、閉塞幽昧、解落墜下、向衰之象，皆為計謀不從，舉事不成。」當然，也不是每個占夢家都會遵從王符所說的這個原則，例如在六朝之時便有「將蒞官而夢棺，將得財而夢糞」的說法，若依王符的說法，則夢到「棺」和「糞」恐怕不是吉事。

　　所謂做夢的人，則是說，同一夢境，所代表的吉凶意義，必須根據做夢者本身的身分地位、德行操守，以及其行事的善惡，做不同的判斷。例如，漢代《淮南子・繆稱訓》便說：「身有醜夢，不勝正行。」《潛夫論・夢列篇》也說：「凡有異夢感心，以及人之吉凶、相之氣色，無問善惡，常恐懼修省，以德迎之，乃其逢吉，天祿永終。」此外，明代陳士元所撰的《夢占逸旨・古法篇》也說：「帝王有帝王之夢，聖賢有聖賢之夢，輿臺廝僕有輿臺廝僕之夢，窮通虧益，各緣其人。凶人有吉夢，雖吉亦凶，吉不可幸也。吉人有凶夢，雖凶亦吉，凶猶可避也。」這些資料在在都說明，同一夢境所顯示的吉凶意義，應是因人而異。

　　做夢的「時間」、「內容」和「人」，雖是古人用來判斷夢的吉凶時，常常考慮的三項因素，但是，並不是所有的占夢家在解夢時都會全盤的考慮這三項因素，或只考慮這三項因素，不過他們卻一致認為：占夢必須遵守某些特定的解釋法則，對於夢的吉凶不可妄加判定。因此也可以知道，古人的占夢理論也許並不怎麼「科學」，但是，他們在做夢的解析工作時的審慎態度和所遵行的細密法則，和現代的心理分析家相較，其實也並不怎麼遜色。

　　以上所述便是中國占夢觀念和占夢理論的一個梗概，其中有待再做進一步分析和探討的地方還很多，希望我們的心理學家、人類學家和歷史學家，能共同對這個課題再做思考，能以審慎而持平的態度來探究這個屬於我們，也屬於人類全體的經驗和傳統。

中國占夢傳統導覽

引　言

> 自人有生不能無寐，自人有寐不能無夢，自人有夢不
> 能無占。夢占之說，……其所來從遠矣。

　　這是明朝崇禎九年 (1636) 何棟如在他增輯的 《夢林玄
解》中所寫的序文。做為一本專門講夢的書，這樣的「序」
可以說是寫得簡潔有力，相當具有說服力。不過，這段陳述
其實還有斟酌的餘地。

　　活著的人當然不能不睡覺，但是，睡覺的時候是不是一
定都會有夢，則有所爭議。至少，《莊子·大宗師》便說：
「古之真人，其寢不夢。」而根據唐代蘇遊《三品頤神保命
神丹方》的說法，「做夢」會妨害道士成仙。事實上，道教也
以「不夢」、「無夢」做為修煉的目標，並且發展出各式各樣

的方術，以免除夢的干擾。

　　除了所謂的「真人」和修煉有成的道士之外，據說愚蠢的人和瞎眼的人也很少做夢，甚至無夢。例如，唐代段成式的《酉陽雜俎》便說：「愚者少夢。」又說：「瞽者無夢。」因此，「自人有寐不能無夢」這個陳述便有待詳加驗證。

夢的類型

　　同樣的，「自人有夢不能無占」這句話也說得太過武斷。因為，有些夢被認為荒誕不經，毫無意義，而有些夢則不必經過「占問」就可以解讀。事實上，《夢林玄解》也提出「夢有不占」以及「未可妄占」的看法。總之，古人並不是將所有的夢都一視同仁，這從古人對於夢的分類便可以略知一二。

《周禮》「六夢」

　　事實上，古人常根據夢的性質或做夢的原因將「夢」分成多種不同的類型。例如，《周禮・占夢》便將夢分為：㈠「正夢」（無所感動，平安自夢）；㈡「噩夢」（驚愕而夢）；㈢「思夢」（覺時所思念而夢）；㈣「寤夢」（覺時道之而夢）；㈤「喜夢」（喜悅而夢）；㈥「懼夢」（恐懼而夢）。這是根據做夢的起因而做的分類。

王符的「十夢」

　　在《周禮》之後，有關夢的分類，應該是以東漢王符在《潛夫論・夢列篇》中所提出的「十夢」說最為有名。

王符告訴我們，有多種的原因會使人做夢，而夢境的內容所顯示的意義和預兆，也會因做夢者的身分、性情、生理和心理狀況，以及做夢時的季節而有所不同。因此，對於夢的解讀也就格外困難。對於一個占夢者，他建議要充分考量「十夢」所顯示的夢的複雜性。同時，他也說：「夢或甚顯而無占，或甚微而有應。」並說：「惟其時，有精誠之所感薄，神靈之所告者，乃有所占爾。」換句話說，王符並不認為所有的夢都需要「占」。

佛教的「四夢」與「五夢」

佛教入華之後，對於中國社會與文化的影響可以說是既深且廣，即使是像「夢」這種看起來虛幻不實的東西，也無法免遭滲透。佛教經典或高僧常用「夢」來比喻一切事物的短暫和「虛幻」，例如《金剛經》便說：「一切有為法，如夢、幻、泡、影，如露亦如電」，這也就是所謂的「六如觀」。

但是，佛教似乎並不是把所有的夢都當做虛幻不實、隨生隨滅的泡影。例如，《法苑珠林‧眠夢篇‧三性部》便說：

> 如善見律云：夢有四種。(一)四大不和夢；(二)先見夢；(三)天人夢；(四)想夢。

其中，前二種是「虛而不實」，後二種則因和「天人」以及做夢者的「善惡因果」有關，因此被認為是「真實」。此外，《法苑珠林‧眠夢篇‧述意部》則將夢區分為「有記之夢」、「無記之夢」、「想夢」和「病夢」四種。

　　其次，《大智度論‧解了諸法釋論》則另有「五夢」的說法。其中，「熱氣」、「冷氣」、「風氣」太多而引起的夢，其實都屬於「身中不調」所引起的「病夢」。因「聞見、多思惟」所引起的也可以說是「想夢」，而後一種則可說是「天人夢」。因此，若以做夢的緣由為標準，這部經典基本上是將夢劃分為三大類。

　　另外，《毗婆沙論》則將夢的起因分成五種，分別是：㈠由他引（如鬼神、諸天、諸仙、咒術等引起）；㈡由曾更（日常生活經驗的再現）；㈢由當有（預示吉凶）；㈣由分別（思慮、欲望所引起）；㈤由諸病（身體不適）。

夢的多樣性

　　除了儒家經典、諸子的論著、佛教的律論之外，諸如道教的典籍、方技術數之書和類書等，也都各自有一套對於夢的界說和理論。因此，在中國傳統社會中，大家對於「夢」其實並沒有一致的看法。但是，在古人心目中，夢其實不離以下四種類型。

　　第一是將夢視為未來事件的前兆，可以預示人的吉凶禍福。

　　第二是將夢視為人和鬼神的交通方式。也就是說，夢境是真實的，在睡眠之中，人的魂魄可以脫離肉體，和鬼神有所接觸。一般也認為，鬼神可以透過夢，向人傳達訊息。

　　第三是認為夢是疾病的病徵，而惡夢本身更是一種病。

　　第四是認為夢是日常生活經驗的再現，或是心靈、情緒狀態的反映。至於這種「再現」或是「反映」，究竟有無意

義，值不值得解讀，則要看做夢者或是解夢者的態度而定。

　　當然，這四種類型之間也有一些模糊或交錯的地帶。例如，有些「預兆」其實也可以說是鬼神在傳達某種訊息，而有些「惡夢」則是鬼神作祟所致。例如，道教認為「惡夢」是由於人身體之內的「尸蟲」或「魄妖」作祟，或勾引邪鬼入侵所致。此外，中國醫學文獻所說的婦女「夢交」或「鬼交」病，也被認為是鬼魅所引起。無論如何，對於同一夢境，不同的人可能會有不同的體會和反應，換句話說，「有夢」不一定要尋求解讀。

夢的解讀

　　雖然不是每個夢都需要解讀或可以解讀，但是，在崇尚「占卜」的中國古代社會中，大多數人還是會將一些夢視為未來事件的一種徵兆或是一種「神諭」。因此，「占夢」也就成為一種專門的技術，甚至被認為是預測未來的主要方法，例如，《漢書·藝文志》便說：

> 雜占者，紀百事之象，候善惡之徵。《易》曰：「占事知來。」眾占非一，而夢為大，故周有其官。

根據這段記載，我們也知道，周代已設有專門的官吏負責「占夢」。同時，這也說明，在中國社會，很早便有人以「占夢」為業。

占夢者

　　根據《帝王世紀》的記載，最早的一位專業的占夢者似乎是黃帝。不過，由於欠缺其他旁證，再加上黃帝已經被封為各行各業的祖師爺，因此，首席占夢者這頂桂冠似乎不必再加在他的頭上。

　　總之，在一個相信夢為「預兆」或「神諭」的時代，自然會有「占夢」的需要，久而久之，自然也會有專業的占夢者出現。就現有的文獻來看，最晚到了周代，「占夢」便已成為一種專門的職業。例如，根據《周禮》的記載，在春官之下便設「占夢」之官。其次，《詩經·小雅·正月》也有「召彼故老，訊之占夢」的記載，可見當時確實已有專門的占夢者，可惜都沒有姓名可考。不過，在周代官僚組織中，除了「占夢」之外，有時候，巫者、卜者、史官，以及其他官吏也可以擔任解夢的工作。

　　到了秦漢時期，仍有以占夢為官、為業者。秦始皇和二世皇帝都曾請「占夢」者替他們解夢，可見秦朝宮廷中設有專門負責占夢的官吏。此外，東漢和帝鄧皇后曾因夢見「捫天」而「訊諸占夢」。可惜的是，這些占夢者大多名不見經傳，唯東漢梁節王劉暢的從官卜忌以善占夢聞名。

　　不過，到了三國、六朝時期，便開始有人以擅長「占夢」而聞名於世，且名留青史。其中，像三國時期魏國的周宣、管輅，吳國的宋壽和蜀國的趙直，晉代的索統、萬推和佛圖澄，北朝的楊元慎和史武，都曾留下一些精彩的解夢的故事。

　　至於隋唐、五代時期，像智滿禪師、蕭吉、張由、梅伯

成、李仙藥、張申、韓泉、楊廷式、徐幼文等人，都是赫赫有名的解夢者，而當時社會中，也有人以此為業。

然而，占夢這個行業，到了宋代似乎漸趨沒落。例如，南宋洪邁在《容齋隨筆》中便說：

> 古之聖賢，未嘗不以夢為大，魏晉方技猶時時或有之。今人不復留意此卜，雖市井妄術所在如林，亦無一箇以占夢自名者，其學殆絕矣。

洪邁向來是以見聞、讀書博雜著名，因此，他的說法應該有某種程度的真實性。而且，從宋以後，我們也確實比較難在史籍中找到以「占夢」聞名的人物。由此可見，從南宋以後，「占夢」的傳統雖不曾中斷，「占夢」這個行業似乎逐漸消失了，而其中最大的關鍵應該是「占夢書」的日漸流行和普及。

占夢書

在中國古代，許多方技之學的傳習都是以師徒間的口耳相傳為主，很少形諸筆墨，占夢也是如此。從眾多占夢的例子來看，只有極少數提到占夢者是根據「占夢書」來解夢，而且，時代愈早，擁有占夢書的人恐怕愈少。

然而，專門的「占夢書」似乎很早就問世了。姑且不論黃帝、巫咸之類的神話人物是否真的曾撰寫過《占夢經》，至少，《周禮》「太卜」所掌的「三夢之法」，也就是「致夢」、「觭夢」、「咸陟」，根據東漢鄭玄的說法，便分別是夏人、商

人和周人所作的占夢書。至少，我們可以確定，周代已有占夢書。例如，根據《晏子春秋》的記載，齊景公曾召見「占夢者」解夢，而當占夢者聽完齊景公對於夢境的描述之後，便說：「請反其書。」意思是「讓我翻一下書」。可見當時已有專門的占夢之書。另外，根據《晉書》的記載，在晉武帝太康二年 (281)，有人在汲郡盜墓，挖出了一批周代的竹書，其中，《瑣語》據說便是周代「諸國卜夢、妖怪、相書」。

無論如何，從秦漢以後，各種占夢書便紛紛問世，有些是古代的遺留，有些則是當代人所撰寫或轉錄而成。歷代官方或民間的藏書目錄中，也都或多或少著錄了一些占夢書。當然，就和其他的書籍一樣，並不是每一種占夢書都能流傳下來。不過，目前我們至少還可以看到八種占夢書，而近代在敦煌所發現的寫本中，至少也有十餘種殘卷的內容應該是所謂的「占夢書」。

至於「占夢書」的內容和結構，從現存的本子來看，其實也相當紛歧。其中，收錄範圍最廣、體例最完善的似乎是《夢林玄解》。根據何棟如的「序」，這部書共分四大部分。第一部分「夢占」，主要內容為：㈠占夢的基本方法和原則；㈡夢的內容（天象、地理、人物、形貌……等）所代表的吉凶意義。第二部分「夢禳」主要介紹各種禳除噩夢的法術及其理論。第三部分「夢原」主要引述古今百家有關夢的各種說法和觀念。第四部分「夢徵」主要收錄古今占驗故事以證明其「夢占」部分的理論。

其他占夢書雖未必都具有這四大部分，但一定具有其中一二。如陳士元《夢占逸旨》除了沒有「夢禳」之外，其他

部分都有。張鳳翼《夢占類考》則有「夢占」和「夢徵」。敦煌本《新集周公解夢書》則有「夢占」和「夢禳」。現代臺灣印製通行的《民曆》中所收的《周公解夢全書》則只有「夢占」。

　　有了這種占夢書，只要是識字之人，基本上便可以替人「解夢」。因此，在「占夢書」大量印製流通之後，「占夢」這個行業自然會逐漸沒落，而其關鍵的年代應該是唐末五代。當時印刷術逐漸成熟、風行，像占夢書這種具有實用價值的書，應該會成為商人選來印製、販售的標的。

　　事實上，根據《柳氏家訓》的序文，我們知道，唐僖宗中和三年(883)，在四川成都附近的書店裡，已經有雕版印製的「占夢書」了。我相信，這種書到了宋代一定更加廉價而風行，而洪邁以市井中的術士沒有人「以占夢自名」推斷占夢之學已絕，其實有點誤判情勢。當時，已沒有人以占夢為業可能是真的，但並不表示沒有人會解夢。

卜筮法

　　夢除了可以請教專業的占夢者或翻查占夢書之外，還可以利用卜筮之法。事實上，這種方法在專業的占夢者和占夢書都不多的時代曾經相當流行。例如，在現存的甲骨卜辭中，便有不少關於殷王武丁夢見人、鬼怪、走獸、天象之後，用龜甲牛骨占問夢兆吉凶的卜辭。而在周官的系統中，雖然設有專門的「占夢」之官，但在「太卜」之下，仍有人掌管占夢之事，他們的占夢法應該是以卜筮為主。而春秋時期的一些諸侯，甚至親自利用占卜之術來解讀自己的夢境。

　　事實上，有些專業的占夢者也是利用卜筮來解夢。不過，隨著占夢術的日益精進，以及占夢書的日漸普及，利用卜筮以占夢便顯得有點曲折。因此，相關的記載在秦漢以後便很少見。

結　語

　　猶太教的法典 (Talmud) 說：「未經分析的夢境，就像一封未經開啟的信。」我想，中國人的夢，中國人對夢的認識、理解和信仰，以及夢對於中國社會、文化、政治、宗教和生活的影響，也很像是一封未經開啟的信。即使已被少數人拆了封，也不曾有人細加解讀。不過，就目前學界的研究成果來看，或是從本文所揭示的占夢傳統來看，這一封有關中國之夢的信，其內容應該是豐富而精彩可期，正等待我們細細閱讀，慢慢的解析。

　　當然，在解讀的過程中，難免有人會擔心，有一些古人的「夢」會不會是捏造的。因為，說謊似乎是人類的天性，史籍中虛構或訛傳的故事也不絕於書。不過，一個傑出的解夢者所需要的不是夢境，而是做夢者對於「夢」的「陳述」。即使是錯誤的回憶，或是有意的虛構所描述出來的夢境，也具有重大的意義。例如，魏文帝曹丕曾經對占夢者趙宣說：「吾夢殿屋兩瓦墮地，化為雙鴛鴦，此何謂也？」趙宣說：「後宮當有暴死者。」其實，曹丕並沒有做過這樣的夢，只想和趙宣開個玩笑，因此，便說：「吾詐卿耳！」但是，趙宣卻嚴肅的說：「夫夢者意耳，苟以形言，便占吉凶。」果然，

話還沒說完，便有人向曹丕報告，後宮有人相殺而亡。這就是經由陳述所形成的「未夢之夢」。我想，在面對古人真假難辨的「夢」時，我們只好遵從趙宣的占夢法則了。

吠　犬

　　歲次甲戌，俗稱「狗年」。愛狗的人士往往趁機大談其「狗經」，宣揚狗的種種美德和養狗的好處。不幸的是，1994年的狗年剛到，「狗」就惹了禍。

　　根據當時報紙的報導，陰曆年正月初三深夜，家居樹林的邱姓男子返家時因鄰家所豢養的狗對他吠叫，便憤而持刀想要屠狗，碰巧被狗主人的林姓友人撞見，二人因而起了衝突，邱姓男子屠狗不成，便轉而殺人。這場悲劇的導火線可說就是一隻會吠的狗。因「狗吠」而殺人，這並不是第一樁。例如《儆戒錄》就記載了一則宋代蜀人李紹因醉夜歸，被自家的愛犬迎門號吠，怒而取斧擊犬，卻誤殺其子的故事。雖說如此，我們卻不能把罪過全推到狗身上。

　　《莊子》曾說「狗不以善吠為良」，俗語也說「會咬人的狗不會叫」，但是，「吠叫」似乎是狗的天生本能。明人李時珍為「狗」下定義時就說：「狗，叩也。吠聲有節，如叩物也。」古人將狗依其功用分成三類，「吠犬」即其中之一（另兩種是：田犬和食犬）。用來守禦門戶的狗，便必須選擇「短

喙善吠」的品種。而為了強化狗的吠叫功能，古人也有所發明。《癸辛雜識》一書便寫著：「狗最畏寒，凡臥必以尾掩其鼻，方能熟睡。或欲其夜警，則剪其尾，鼻寒無所蔽，則終夕警吠。」這個法子有效無效，倒得請教「狗專家」。

當然，一隻會吠的狗，有時也頗令人討厭。對於以行竊為業的盜賊而言，狗的吠聲更是聽來分外刺耳，據說他們就有辦法使狗不叫，但也不是萬無一失。《說苑》寫道：「偷能禁犬使不吠，惟牝犬不可禁也。或云：紋如虎斑亦難禁。」果真如此，想要養狗防盜的人士最好還是養條公狗為妙。小偷使狗不吠的方法，祕而不傳，我們不得而知，所幸，《物類相感志》一書還傳授了我們一招半式。該書寫道：「小犬吠不絕聲者，用香油一蜆殼，灌入鼻中，經宿則不吠。」這個方法雖然有些殘忍，但為了使左鄰右舍得以耳根清淨，倒不妨試一試不費錢的古法（倘若無效，請勿見怪）。

究其實，要令狗不吠，真不是一件容易的事。《神仙傳》在描述仙人介象的法力時就說他能「令一里內人家炊不熟、雞犬三日不鳴不吠」，由此可知，在古人觀念裡，要讓狗不叫，幾乎只有神仙才辦得到。而萬一豢養了一隻胡亂狂叫的狗，那可真是噩運臨頭了。宋人孔平仲就曾描述過他家的「狂犬」所造成的災難，他寫道：「吾家有狂犬，其走如脫兔，撐突盤盂翻，搜爬堂廡汙。逢人吠不止，雞噪貓且怒」。他認為這種狗「固難在家庭，只可守邨墅」，所以就將牠送到城外去。當今在城市公寓中養狗的人士倘若也有這種「狂犬」，最好學學孔平仲。

就因狗天性善吠，所以，倘若有狗不吠，那可就是「異

象」了。據《新唐書·五行志》記載，唐懿宗咸通年間
(860～874)，「會稽有狗生而不能吠，擊之無聲」，因而被史
官認為是「鎮守者不能禦寇之兆」。對術數之家而言，「狗不
叫」是凶兆，「狗叫」則有吉有凶。《京房易占》便說：「犬嗥
街巷中，有賊在邑，不出三年。一犬嗥，群犬和之，其地有
兵。犬群嗥城中，其國邑為虛，不出三年。犬上屋群嗥，有
大喪。」另一本占書則說：「春嗥室堂，男女有喜。朝嗥室
中，父母喜。日中嗥室中，男子得爵祿，女有喜。夕嗥室中，
長女死。犬嗥晨夜，家破軍亡。」

　　總之，古人以為，狗吠不吠和人的吉凶禍福有著緊密的
關聯。至於被狗吠的人，倘若是狗主人本身，則不僅難堪，
對古人而言，更是一大凶兆，占書上即說：「犬逆吠其主，其
主有殃，不宜遠行。」倘若被吠的是旁人，則大可不必在意。
漢初，蒯通曾勸淮陰侯韓信造反，事發被捕後，漢高祖劉邦
責問蒯通何以教韓信背叛自己，蒯通侃侃說道：「跖之狗吠
堯，堯非不仁，狗固吠非其主。當是時，臣獨知韓信，非知
陛下也。」這是說：狗只忠於其主人，主人之外，無論賢或
不賢、仁或不仁，一律照吠不誤，所以被吠的人不必自責、
自卑或覺得難過。另一種說法則說狗只認人的外表而無法辨
識人的賢愚善惡，《讀書筆記》即說：「犬見人衣貌之不揚，
則吠之，稍整則亦稍戢。蓋彼惟知外美之可貴也。」但是，
這也不能怪「狗眼看人低」，因為人類自身也是如此，該書寫
道：「人之知宜辨於犬矣，乃亦惟富貴之敬、貧賤之忽，而不
計其賢否，何如是真犬耳！」照該書作者的看法，就「勢利
眼」而言，人其實只是不會吠的狗罷了。不知諸君以為如何？

殺狗四篇

習俗篇

在遠古的中國，殺狗是準備肴宴時常見的程序。

在戰國秦漢的中國，「屠狗」是專門的行業，荊軻的好友高漸離和漢高祖劉邦手下的猛將樊噲都曾以此為業。

在六朝、隋唐的中國，佛教徒說：殺狗的人會下地獄，巫覡術士說：不殺狗祭神，無以免除災禍。

在宋代的中國，徽宗生肖屬狗，以皇帝之令，禁止天下屠狗。

在清代的臺灣，儒生殺犬，以狗頭祭魁星。

在 1950 年代的臺灣 「北勢八社」，泰雅族人認為 「殺狗」是僅次於殺人的行為，除非為了祭祀，絕不傷害狗類。

在現代的歐美及受他們 「保護動物」 觀念洗禮的社會，殺狗是殘酷、罪惡的行為。

　　殺狗不殺狗，其實決定於信仰與習俗，無所謂是非對錯。

祭祀篇

　　已故的人類學家凌純聲先生曾指出：「殺狗」是太平洋文化區的重要文化特質之一。然則，殺狗絕少是為了宣洩暴力，而是為了宗教上的需要。

　　中國古代的殷人相信殺狗祭神可以止息風雨之災、可以禳卻疾疫、可以辟除禍害。殷代的宮室和墓葬建築的基址下層，狗是必有的「犧牲」。

　　周人也有犬祭之俗，並設有專人豢養祭祀用的「犬牲」，舉凡祭祖、祭社稷、山川、四方百物……等，都有專設的宮吏負責獻祭。

　　秦漢時人也殺狗以禳除各種災禍，後漢時期甚至用以「祭孔」。

　　六朝、隋唐時期，佛教不斷以報應故事威嚇「屠狗」之人，道教對於犬祭的習俗也頗有指責，但俗信仍認為：祭土地神必須用白狗，更有人以蒼狗和黃狗於春秋二季祭女神。

　　其後，宋人仍有殺狗以求雨之俗，遼人有八月屠白犬、埋狗頭的「國俗」，女真人則用白犬祭天以禳病。

　　明清之時，術數之士仍堅信狗能辟除一切邪魅妖術，因此，殺狗在許多法術、儀式中乃成必要之舉。而清代之時，臺灣的儒生更常於七夕、中秋、重陽三節殺犬，以狗頭祭魁星。

　　至於中國境內的少數民族，有「犬祭」之風俗者更是不

勝枚舉。中國以外的環太平洋地區，包括東北亞（如日本和通古斯人）、東南亞（如越南、泰北、婆羅洲、爪哇、呂宋島）、北美印第安人、南美的馬雅人，以及太平洋群島，據諸多人類學家的田野調查，更是屢見犬祭之事例。凌純聲先生以此推斷古代中國的濱海地區以及臺灣都屬於所謂「太平洋文化區」的一分子。這個說法雖只是一種大膽的「推測」和「假說」，但能藉「殺狗」此等小事而綜覽整個太平洋地區的文化特質，其識見和才氣實值敬佩。

食用篇

現代的愛犬人士和養狗協會往往將狗依其功能分為：工作犬、牧犬、獵犬、賽犬、玩賞犬這幾大類。其實，若參照中國傳統，則「食用犬」應佔一席之地。

中國人吃狗肉的習俗由來已久。例如，古人便將狗粗分為三類，一為守禦門戶的「守犬」（又叫「吠犬」）；二為協助狩獵的「田犬」；三則為專供食用（含藥用）的「食犬」。而在周人的食譜中，狗肉（羹）已是重要的項目之一了。秦漢之時，以屠狗、賣狗肉為業的人更是大有人在，而典籍中更有指導一般人民烹炙、食用狗肉的篇章。宋徽宗時雖曾下令禁止屠狗，但是，吃狗肉在中國（以及在臺灣）一直不是普遍的禁忌。

狗的藥用價值更是廣為中國傳統醫家所肯定。舉凡狗的肉、血、乳汁、腦、涎、心、腎、肝、膽、陰莖、陰卵、皮、毛、齒、骨，甚至狗屎，都各有其妙用。即使是癩皮狗腹中

的結石也被視為「狗寶」，用以治療噎食以及癰疽瘡瘍。《肉蒲團》中未央生的人造陰莖更是取材於一隻牡狗，此雖小說家言，卻也足以說明狗的「萬用」效能。

介紹這樣的傳統，目的在於提醒自命為動物「保護者」的人士，不要輕易譴責殺狗人士為「殘忍」，狗和豬羊是平等的。

妖異篇

假如狗會說話，牠們一定會和孫越一樣，溫馨而感性地說道：「我是你們的老朋友。」此話真實不虛，因為早從數十萬年前起，狗便已和人類長相左右了。雖然如此，人有時候還是要殺狗。就像有些熟悉而「忠誠」的朋友也會突然變得陌生而敵對一樣，「走狗」有時候會反咬主人一口，家狗也會變成妖怪，當此之時，除了打殺一途，似乎別無選擇。

古書中所記載的「狗妖」包括：狗生角、狗與豬交（配）、狗能人言、連體狗、公狗生子、狗人立（像人一樣站立）、狗不叫、狗作雞鳴……等，其中最令人頭痛的是能化作人形的狗妖或狗精。

這種狗妖怪通常是公狗。在中國筆記小說中，牠們往往化身男子，姦淫獨守空閨的待嫁女郎、怨婦或寡婦，最後則被該女子的家人或丈夫發覺，並被亂棒打殺而死，女子則會「羞愧而死」或「大恥病死」。有些狗則更大膽，連化為人形都不必，就逕與女人交媾。例如南朝宋明帝時，就有一隻狗「與女人交，三日不分離」。而宋文帝時，有一名婢女則和一

隻狗「通好，如夫妻彌年」（見《宋書‧五行志》）。唐代醫生
杜修己家中的白狗更厲害，不僅姦淫了杜修己的妻子，還帶
她私奔，並且使她生下一名「形貌如人，而遍身有白毛」的
男孩。這種狗，不被中國傳統社會的男人殺死才怪。

　　總之，為了防止「人狗通姦」或繁衍出「半人半狗」的
雜種，有時候，中國人只好殺狗。

人間道上不清不明
──從掃墓看民眾信仰的歧異性

在春雨霏霏的季節裡，有點不清也有點不明的「清明」還是來了。臺灣雖然和傳統「中國」有愈行愈遠的趨勢，但是，二、三百年來，在忽而東洋、忽而西洋、忽而中原的文化浪潮衝擊下，仍有些古老的習俗牢牢的盤根在這塊泥土上。就以清明來說吧，在當天或其前後幾天，總有許多人會去拜掃親人的墳墓，會在自家的廳堂祭祀祖先。有人說這是為了體現「慎終追遠」的精神，也有人認為，這是為了讓死者在另一個世界獲得物質的供養和親情的溫暖。

大陸人、佛教徒、基督徒

不過，總也有一些人，在這樣的節日裡，既不掃墓也不祭祖。他們之中，有一些是在 1949 年之後隻身來臺的「大陸人」，他們並無祖墳可掃，列祖列宗的魂神似乎也仍在「祖

國」安息著，因此，「清明」或許只是個思鄉的日子，似乎只是另一個可以打打小牌、喝點小酒的假日罷了。

另一些不哭不拜、不悼不念的則是所謂的「正信」的佛教徒。他們認為，「生」是一種苦惱、一種障礙，「死」是一種安樂、一種解脫。他們相信，人死之後，若非被諸天神佛接往西方極樂世界，就是前往陰曹地府報到，然後，繼續在「六道」中輪迴。至於人死之後的屍骸，則只是一具臭皮囊，可以火焚、可以水葬、也可以土埋，但是，祭拜就不必了。

還有一些不焚香、不燒紙錢、不膜拜偶像，也不奉祀祖先的則是虔誠的基督徒。他們也認為靈魂可以不朽，承認死後還有世界。但是，他們同時也相信「信上帝者得永生」，相信耶穌基督會在天堂等著「受洗」或「被選」的子民，而撒旦的信徒則只有魂歸煉獄、永受煎熬，不得超生。因此，人死之後，不是上天堂就是下地獄，絕不會待在墳墓裡等著親人來拜祭。

至於那些勇於背俗、習慣於只服從自己意志或欲念的特立獨行之士，他們或掃墓或不掃墓，或祭祖或不祭祖，總隨他們自己的意，誰也弄不清楚他們真正的理由。

「好兄弟」心生怨懟？

總之，有人不掃墓，有人不祭祖，依照通俗的想法，就會有一些死者在另一個世界過得不安穩，甚至過得飢寒交迫、顛沛流離。這一群被遺忘、被拋棄的死者，以及絕了後代的亡魂，就是民間一般所習稱的「好兄弟」。有人認為，這一類

的孤魂野鬼，或因不曾被好好安葬，或因墳墓被毀，以致屍骨暴露於荒野，飽受日曬雨淋、風霜雨露、漂泊流浪之苦，再加上無人奉祀供養，往往必須四處覓食或尋求救贖之道。因此，他們大多有一股怨戾憤恨之氣，時常等待著報復、洩恨的機會，或是以威脅、恐怖的手段向人索求祭祀和敬意。

　　一般百姓對於這樣的一種怨靈，一方面是畏懼其作祟和降禍的能力，另一方面則是悲憫其孤伶和痛苦，因此，大多採取安撫的手段。例如，中元節的盛大祭典，主要的戲碼就是「施食餓鬼」和「普渡亡魂」。

　　另一種常用的撫慰手段則是收聚死者散落的殘骸或是被丟棄的神主牌位，重新予以埋葬，並且在墓前或墓旁設立祠廟做為祭祀的場所，以安頓他們的枯骨和靈魂。這一種小廟，在廟前通常會橫掛著一條紅布，上面寫著「有求必應」或「萬善同歸」四個大字，也因此，一般民眾便叫被奉祀在這類小廟裡的鬼魂為「有應公」（若全為女性則叫做「有應媽」）或「萬善爺」。其他林林總總的稱呼還有：聖公、聖媽、金斗公、有英公、大墓公、百姓公、普渡公、萬姓公、萬恩公、義勇爺、義民爺、無嗣陰公、水流公、大眾爺、大眾媽等。由這些稱呼，我們也可以知道，這真是一種「百姓」和「大眾」的信仰。

學者與官員的偏見？

　　對於這種通俗的大眾信仰，許多學者和政府官員，或因認識不清，或因信仰不同，或因欠缺同情的理解，往往深惡

痛絕，並且大加撻伐。他們往往認為這只是一種「淫祠」、一種「邪神」、一種「墮落」的「迷信」、一種不具任何「功能」的「非倫理」的「邪信」。他們相信，一般民眾只是盲目、愚昧的崇拜一些「枯骨」以滿足其「貪婪」的欲望。他們認為這樣的「陋習」必須予以「打破」、加以「端正」或「剷除」。他們根本無法體會尋常百姓面對孤魂野鬼時的憂心、恐懼和憐憫。我不願意說這是學者和官方的偏見，寧可認為是他們的信仰。就像那些上墳掃墓、祭拜祖先的，也會指斥那些不掃墓、不祭祖的是「數典忘祖」、「大逆不孝」一樣，都只是信仰上的歧異罷了。畢竟，人間道原本就是不清不明。

想我七月半的好兄弟們

　　農曆七月一到，一年一度的中元節也就來臨。這個時節，臺灣各地都會有一些熱鬧的「普渡」活動。以漢人的民間信仰來說，「普渡」，一方面是為了祭拜祖先，使他們在另外一個世界能有更富足的生活；另一方面則是希望以諸神和佛菩薩的力量，以及人間的供養和協助，使所有孤魂野鬼都能免於飢寒、流離，並且脫離地獄的刑罰之苦。

官方角色的變化

　　這種活動，不僅體現了儒家慎終追遠的孝道文化，而且深具佛道二教的慈悲精神，照理說，應該能獲得政府的支持和鼓勵。然而，數十年來，政府官員一直是中元普渡祭典的缺席者，早年甚至動輒斥之為「迷信」。一直到最近幾年，情況才稍有改變，一些地方政府甚至開始舉辦官方的普渡活動。其實，在清代政府統轄期間，臺灣早已有過官方版本的中元

普渡。

依照清代禮制，從中央到地方，各級政府必須設置「厲
壇」，由官吏率同百姓定期（春祭清明日、秋祭七月十五日、
冬祭十月初一日）「祭厲」。所謂「厲」，簡單來說，就是一群
身分不詳、來歷不明、死因不清、無人奉祀的孤魂野鬼，也
就是俗稱的「好兄弟」。清代時期，臺灣的行政體系有縣有
府，因此，臺灣府便設有「郡厲壇」，各縣（廳）則有「邑厲
壇」，有些地方甚至還設有更小一級的「鄉厲壇」。雖然體制
不完全和大陸各省一樣，但是，獻祭的儀式和時節，則沒有
太大的差別。不過，在淡水廳（北臺灣一帶），一年之中只在
七月十五日舉行一次祭厲儀式。

統治上的考量

至於當時官員「祭厲」的主要動機，主要有三點：一是
可憐這些孤魂野鬼杳杳無歸、身墮沈淪，因此特別選在人間
的重要節令給予祭祀；其次是相信這些鬼魂因為無所歸依，
因此會結為陰靈，作妖作怪，為防止其作祟，故定期予以獻
祭；三是希望這些接受獻祭的厲鬼能做城隍和陽間官府的密
探，監察民眾的行為善惡。若發現有為惡之人，則要報告城
隍，披露其惡行，使官府能按律予以懲處；倘若惡行不曾敗
露，則要代替陽間的官方，給予「陰譴」，使其全家感染「瘟
疫」、諸事不順；若是發現有良善正直之人，則要暗中加以庇
佑，使其平安順遂，甚至境內所有大小官吏也應在其監察的
名單之內。

　　這些動機，說穿了，主要還是基於統治上的考量。因為，透過祭厲，若真能防止厲鬼作祟，則社會秩序也會較為穩定，至少民眾不會有心理上的恐慌。其次，透過祭厲儀式，也可利用厲鬼數量眾多和游走不定的特性，警告民眾，這些孤魂會協助官府，無時無刻監察他們的行為，並且施行賞罰，使他們不敢為非作歹。除此之外，將厲鬼納入祀典，由官府掌握祭儀，也可以使百姓不致因為懼怕厲鬼作祟而過於依賴巫祝或僧道，使他們不致脫離政府的管束。

促進族群和諧

　　無論清代官方的「祭厲」活動在當時是否真的具有「資治」的作用，至少，在表面上，官方對於「孤魂野鬼」的宗教態度，和民間並無衝突。因此，在某些時候，倒真能破除政府與民眾的隔閡，甚至促進族群間的和諧。比如，清代的噶瑪蘭地區（現今的宜蘭一帶），因漢番雜處，再加上各地的移民先後擁到，導致各族群之間衝突頻繁。除此之外，東北角一帶，地震、颱風、山崩、海難、豪雨所造成的災害，可說接連不斷。因此，自漢人入墾以後，死難於族群衝突和天然災害的人數相當多。為了化解各族群間的仇怨，使其和睦相處，當時的噶瑪蘭通判姚瑩便在道光元年 (1821)，利用秋季（中元）祭厲的機會，召集了文武官吏、三籍（漳、泉、粵）漢民，和生番熟番，共二千多人，設厲壇於北郭，大家共同祭祀當地開闢以來的死亡者。祭厲之後，姚瑩又使漢民和番人互拜，並為他們陳說和睦之道。據說，當時有許多人

因為聽了他的演說而感動得哭泣流淚。

　　時代不同了，許多當前的社會問題，不能仰賴官方的「祭厲」或「普渡」來解決。但是，清代的臺灣歷史仍是一口警鐘，提醒我們：在這座島上，已經有太多的族群衝突，有太多的官民對抗，有太多不必要的死難，有太多悽楚的孤魂野鬼，有太多的冤魂怨靈，等待「超渡」。一個有智慧、有良心的政治人物，應該努力化解衝突、消釋怨氣，減少天災人禍所製造的冤魂厲鬼，創造一個平安、祥和的社會。

中元普渡——傳統祭典的現代性格

　　一年一度的「中元普渡」，在臺灣至少有二、三百年的歷史，在中國則已延續了一千多年。在歷史長河的淘淨與洗練之下，「中元普渡」能存活至今，必然有其不可撼動的社會、文化和心理基礎。根據傳統的信仰，普渡的目的，一方面是為了祭拜祖先，使他們在另外一個世界能有更富足的生活；另一方面則是希望以諸神的力量，以及人間的供養和協助，使所有孤魂野鬼都能免於飢寒、流離，並且脫離地獄的刑罰之苦。不過，不同的人，在不同的時空之下，可能會以不同心情參與同一個祭典。普渡的現代意義，值得探究。

建立「人鬼兩安」的祥和世界

　　以傳統的官方儀典來說，便有於中元「祭厲」的規定。各級政府的首長和官吏，必須率同百姓，準備牲禮，到「厲壇」拜祭無人奉祀的孤魂野鬼。這個儀典主要是為了彰顯統

治者的慈悲，表示他們的「德政」惠及陰靈。其次，從「祭厲文」來看，這項儀典也帶有威嚇厲鬼不得返回陽世搗亂、作怪之意，並要他們成為官府的隱密「眼線」，協助官方監察陽間官吏和人民的善惡。總之，官方「祭厲」的動機，說穿了，主要還是基於統治上的考量。不過，創建一個「人鬼兩安」的祥和社會，總是一個恆久不變的目標。

協助流離者與孤苦者

至於一般民眾，事實上是將整個農曆七月都視為「鬼月」。據說，從初一「開鬼門」起，一直到三十日「關鬼門」為止，所有冥府裡的孤魂野鬼都可以返回人間，自由行動，到處求食索財。若是無法厭足，他們就會搗蛋。因此，許多人都會在其家門口擺上供桌，陳設飯菜、雞、鴨、魚、肉、糕、粿之類的食品，供物上各插一炷香，並燒經衣、銀紙，以奉祀過往的孤魂野鬼。這樣的舉措，雖然也有避免鬼魂侵擾作祟之意，但基本上仍是出自悲憫與同情之心。無論是否真有鬼魂，我想，流離者與孤苦者，永遠都需要我們的施捨與協助。祀鬼與助人，慈悲之心不殊。

永離一切苦厄，各遂逍遙之樂

不過，根據傳統信仰，救贖孤魂野鬼仍有賴神佛的力量和僧道的「普渡」儀式。先是設「孤棚」（「普渡壇」）以安放食物、錢財、澡堂和衣料等日常所需，而後「豎燈篙」、「放

水燈」以燭照幽冥世界，召請陸上和水中的孤魂齊至「孤棚」，而後由僧道誦唸經咒，召請孤魂前來接受衣食的供養，並懺悔罪過，以便能脫離地獄、登上天堂。其最終目的是為了讓「一切無祀男女孤魂滯魄」能永離一切苦厄，各遂逍遙之樂。無論有無天堂地獄，也無論有無因果輪迴，我想，我們都必須盡力讓每一個生命都能脫離苦境，登臨樂地。

在熱鬧中沈思死亡與苦難

當然，在「普渡」熱鬧的祭典裡，我們也應該沈思「孤魂野鬼」的由來。根據道士的普渡科儀書，所謂的「孤魂野鬼」，若以死因來分，有：盜賊殺害、投河溺水、自刎自縊、懷孕胎傷、塚訟徵呼、妖邪剋害、冤債仇讎、草藥毒死、沈疴伏連（傳染病）、獄內身亡等十種亡魂。若以身分來分，則有：為考取功名而中途淪沒的「書生」；死於自然災變的「農夫」；客死異鄉的「工匠」；貿易途中遇害的「商人」；缺嗣孤貧的「乞丐」；亡沒於道旁野外的「僧尼」；為國出征、敗戰被殺的「英雄好漢」和「義士官兵」；因產難或墮胎而亡的「婦女」；觸犯王法，受刑屈死的「牢獄罪囚」；侵害良民，以致被殺的「賭徒」和「盜賊」；卜卦看命，死後無祀的「術士」；「生為萬人妻，死作無夫之鬼」的「娼家娘子」等十二類。

無論是十或十二類，其實都是一份生命的苦難清單。也許，正因為我們永遠也擺脫不了死亡和災禍，傳統的普渡祭典也不因時代變遷而消失，反而在現代社會中普遍可見。然而，我們應該盡力讓人間少一些孤魂野鬼。

臺灣的義民廟與義民爺

　　根據「官方」的資料，臺灣目前大約有三十座以「義民爺」為主神的「義民廟」（又叫褒忠亭、褒忠祠、集義亭、忠義祠、義民祠……等），散佈在臺北、桃園、新竹、苗栗、臺中、南投、彰化、雲林、嘉義、臺南、高雄、屏東和花蓮等地（仇德哉，1993）。實際的數量雖然可能超過三十座，但是，若和媽祖廟、王爺廟、關公廟、有應公廟這些廟宇相較，則其廟宇和信徒的數量、分佈的廣度和密度，其實並不引人注目，也不是臺灣民間信仰研究的重要課題。然而，近幾年來，「義民爺」和「義民廟」卻引起不少爭議和討論，而其導火線則是國民中學教科書《認識臺灣》的編輯與刊行。

　　《認識臺灣（社會篇）》的「模本」（草稿）是在 1997 年上半年完成、印製，其中不曾提到「義民廟」或「義民爺」，部分人士認為，這樣的「空白」是不尊重客家文化與客家族群，若干客家團體還因此而提出抗議與批評。最後，《認識臺灣（社會篇）》的「編審委員會」決定將「義民廟」和性質相

近的「有應公廟」、「萬善祠」放在一起，一併介紹。因而在
1997 年 8 月正式付印的「試用本」中便有以下的敘述：

> 至於散布在山邊、海角、路旁的「有應公廟」或「萬
> 善祠」，以及客家人的「義民廟」，所供奉的大多是無
> 主無名的孤魂，表現臺灣人慈悲的胸懷。（頁三〇）

這樣的處置，並不是純粹從學術研究的角度出發，而是為了
表示對客家族群的尊重。

　　不過，自從《認識臺灣（社會篇）》（試用本）刊印、試
用之後，部分客家人士不僅不滿意，而且還感到受辱、憤怒，
甚至還透過各種團體和政治人物，利用各種方式和管道，不
斷要求教育部和國立編譯館「更正錯誤」，同時，也引發了民
眾對於「義民爺」信仰的好奇與討論。無論如何，在 1998 年
夏天，《認識臺灣（社會篇）》的「編審委員會」又再一次做
了修訂，有關「義民廟」和「義民爺」的敘述成為：

> 大約從十七世紀以後，漢人便陸續從中國大陸帶來各
> 種宗教和神明。這些神明所在的廟宇，往往是各個地
> 區的信仰、文化和各種活動的中心。另外，彰顯慈悲
> 與包容的「有應公」和「萬善爺」，激勵忠義和英勇的
> 「義民爺」，則都是埋骨於這塊土地上的神明。（第肆
> 章第一節〈眾神的殿堂〉）

這一段敘述，最大的改變在於明示「義民爺」信仰的主要精

神是「激勵忠義和英勇」，並且不再強調「義民廟」和客家族群的關係。我相信，這樣的敘述，仍然無法令所有的人都心滿意足。因為，有關「義民爺」的爭議，不僅是一個純粹的學術研究的課題，還涉及不同的信仰、政治、族群立場和歷史解釋之間錯綜複雜的論述。

　　然而，做為一個歷史學者，我覺得自己必須從學術研究的角度，提供意見，讓一些並不堅持特定信仰、政治或族群立場的人，或是願意瞭解並尊重「他人」信仰的人，對於「義民廟」和「義民爺」的性質有比較完整而清楚的認識。

義民廟的分佈地區與族群關係

　　有人認為，「義民廟」主要是指新竹縣新埔鎮的「枋寮義民廟」（義民塚），是「客家人的信仰中心」。這個看法，若從客家族群和信仰的角度來說，並無所謂對錯，我們應該給予尊重。事實上，分佈在新竹、桃園、苗栗和屏東地區的「義民廟」，大致也確屬客家族群（奏桑，1987；陳運棟，1994；曾德信，1967；李豐楙，1993）。但是，「義民廟」並不是客家人獨有的信仰（陳運棟，1994；劉還月，1996；林衡道，1975～1976）。例如，彰化、嘉義、雲林（北港）等地也有「義民廟」，所供奉的主要是死於「林爽文之亂」的漳泉籍「義民」。此外，像臺北縣林口的「義民廟」（林富士，1995）、臺北市景美的「義民爺廟」（阮昌銳，1990）、臺南鹽水的「忠義公廟」（吳榮華，1959），則是「抗西、荷」和「抗日」的烈士，其族群屬性並不清楚，至少並不特屬於客家人。

其實，連橫在《臺灣通史》中介紹新竹新埔枋寮「褒忠廟」（「義民亭」）時也提到：

> 先是朱一貴、吳福生等役，各縣俱建義民祠，春秋致祭。（卷二二〈宗教志〉）

由此可見，清代在戰亂之後，立「義民祠」以奉祀犧牲的「義民」，事實上遍及各縣，而不只是存在於客籍移民聚居之地。

義民爺的身分

其次，有人認為，「義民廟」所奉祀的「義民爺」，是被「朝廷」（清朝）表揚的「為保鄉衛國而犧牲生命之客家人」，是「助官平亂」的英靈，是客家的「偉人」、「英雄」。對於這樣的看法，我們也應該給予尊重，因為，這是部分客家人士的信仰，而且，也有一些事實上的依據。

以目前存留的文獻來看，屏東六堆「忠義祠」所奉祀的主要是清康熙六十年 (1721)「朱一貴之亂」和雍正十年 (1732)「吳福生之亂」時，協助清廷平亂而戰死的客家「義民」（曾德信，1967），苗栗和新竹的「義民廟」所奉祀的則主要是在清乾隆五十一至五十三年 (1786〜1788) 的「林爽文之亂」，以及同治一至三年 (1862〜1864) 的「戴潮春之亂」時協助清廷平亂的粵籍「義民」（岡本俊介，1943；毅振，1991；曾景來，1938）。

不過，在清代多次的「叛亂」（或「革命」）事件中，協

助清廷「平亂」或抵抗「亂黨」而殉難的「義民」卻不僅限於客家人士。事實上，像「嘉義」地名的由來，便是因為林爽文的黨徒在乾隆五十二年圍攻「諸羅縣」城時，當地「義民」協助官兵守禦，因而皇帝特賜縣名「嘉義」（《清一統志‧臺灣府》卷一），其他泉籍移民所居的村莊也多得「褒忠」的賜名（《福建通紀‧臺灣通紀》卷一五），現今還在的雲林北港「義民廟」所奉祀的也是在林爽文之亂時喪生的漳泉籍「義民」。

此外，有一些地方的「義民廟」所奉祀的則是各式各樣的「分類械鬥」或族群衝突（閩客、漳泉、漢番）下的亡魂，或是「抗日」的義士（仇德哉，1983；阮昌銳，1994；林富士，1995）。總之，「義民爺」的身分、族群屬性，以及被人奉祀的原因，其實是多元而不是單一的。

「義民爺」的信仰類型

第三，學者往往將「義民爺」和「有應公」、「萬善爺」相提並論，並視其本質為「無主無祀的孤魂」，《認識臺灣（社會篇）》（試用本）基本上也遵從這種論斷。但是，少數客籍卻大為不快，認為這是「非客家籍」的研究者在「民族史觀」（中華民族）的影響下，刻意將「義民爺」歸類為「神格最低的無祀鬼屬」（陳運棟，1994）。我認為這是一種嚴重的誤解。

前面已指出，義民爺並不是客家人獨有的信仰，非客家人也有「義民信仰」，所奉祀的是各個不同族群的「先人」。

而且，「有應公」、「萬善爺」大多是漳泉移民所奉祀，若說
「無祀鬼厲」是一種貶抑或侮辱性的稱呼，那麼，這種貶抑
或侮辱也絕不是單獨針對客家人士而來。

　　事實上，將這類神明歸為「無祀鬼厲」或「孤魂」，基本
上還是基於宗教學上的考量，絕大多數的研究者也都採取這
種歸類方式。像瞿海源 (1992)、阮昌銳 (1984、1990)、仇德
哉 (1983)、廖漢臣 (1967)、呂理政 (1989)、黃文博 (1992)、
蔡相煇 (1989)、秦桑 (1987)、毅振 (1991) 等人，有「外省
籍」、有「客籍」、有「閩籍」，有社會學家、歷史學家、民俗
學家、人類學家，都使用類似的名詞（無緣孤魂、孤魂、無
主幽魂、厲鬼等），也都將「義民爺」和「有應公」、「萬善
爺」、「大眾爺」等相提並論。即使是在屏東六堆「忠義祠」，
曾寶琛所撰的一幅楹聯也寫道：「雄威今仰贊，生為英，死為
厲。」若說「厲鬼」是一個貶抑、侮辱性的名詞，屏東客家
人豈會容許這樣的楹聯存在？撰聯者又何以會如此魯莽而無
禮？

　　其實，所謂「厲」或「孤魂」，按照中國傳統的「祀典」，
其古典含義是泛指那些「無後」、「乏祀」、「凶死」、「橫死」、
「冤死」、「兵死」（死於戰亂刀兵之災）的鬼魂，並無任何褒
貶之意，歷代政府也大多有「祭厲」的大典（林富士，
1995）。當然，依照民間的信仰，「厲鬼」也可經由官方或天
廷的敕封而升格為「神」（李豐楙，1993）。但無論如何，在
「天神」、「地祇」、「人鬼」三分的鬼神世界中，他們仍屬「人
鬼」之部，而且「厲」的基本性格仍不會消失。因此，將集
體戰死、大多無名無姓、無子孫奉祀的死者骨骸，收聚埋葬、

建祠祭拜，無論是由於百姓的悲憫和崇敬，或是官方的獎掖，祠中的「神明」，無論叫做「義民爺」、「大眾爺」、「萬善爺」或其他名稱，從其死亡的方式（非自然、不正常的死亡）來說，無論「神格」有多高，基本上還是可以視為「厲」的一種。

　　除了非自然、不正常的死亡方式外，「義民爺」和「有應公」、「萬善爺」還有其他的相似之處：第一，通常都是集體死亡、無名無姓（或無法辨識）；第二，通常都是先建墓以收聚屍骸，然後在墓前或墓旁立廟；第三，廟中通常只供奉神明的牌位、香爐，而沒有神像；第四，主要的祭典通常都是在農曆七月；第五，他們都具有轉化或提升神格的潛能，有時還會出現「分廟」（分香廟）。因此，將這幾種神明相提並論，是有學理上的考量，至少不是為了侮辱客家的信仰。

　　舉例來說，臺北縣土城市便有一座「大墓公」，其形制（有塚有廟又有附塚）和緣起（林爽文之亂的死難者，又獲清廷褒揚），都和新竹的「義民爺」非常相近，但所奉祀的卻是漳、泉居民，同時還有官兵與會黨人士，一些墓碑、廟額的題款則有：「義民祠」、「大墓公」、「義塚公」、「萬善公」、「難民萬善同歸墓」、「義塚大墓公」等。這是三峽、板橋、中和、永和一帶香火鼎盛的大廟，可是，當地人並不認為這些碑文、廟額的名稱是對其先人的侮辱。

「義民」的面貌與精神

　　最後，有關「義民」的歷史地位和評價也值得一提。這

不僅是信仰問題，還涉及不同族群之間，以及統治者與被統治者之間，對於同一歷史現象的不同解釋。

站在部分客家人的立場來說，「義民爺」是效忠政府、打擊「犯罪」的英雄，是「保家衛國」、「犧牲成仁」的客家「偉人」（陳運棟，1994），因此，也有人將「義民爺」視為「客家民族的精神支柱」。這種看法當然言之成理。不過，有這種「忠義」精神的並不僅限於客家人，協助政府「平亂」而犧牲的「義民」各族群都有（包括漳、泉、客、番都有），客家人可以因此而感到驕傲，但不必有高人一等的感覺，也不必單獨為「義民爺」的名聲奮戰。

相對於部分客家族群的看法，則是「漢族主義」者的立場。他們認為，朱一貴、林爽文等人的「起義」是「民族革命」，是基於漢族的民族大義，起而反抗「滿清」的「腐敗」統治，因此，協助清廷者便是不義之民（陳運棟，1987）。這個看法也有一定的合理性，但是根據這個立場，單單指責客家「義民」是「助紂為虐」也是不公平的，因為協助清廷的「義民」並不僅限於某一特定的族群，其次，藉「革命」之名而行掠奪之實也是不容否認的事實。因此，起而捍衛自己和鄰里的生命、財產因而喪生，即使不能稱「忠義」，也絕不「可恥」。

此外，若從統治者的立場來看，在發生叛亂之際，有「良民」能協助平亂，自然值得「褒忠」、「旌義」。但是，清代的臺灣「義民」基本上是一種鄉勇、團練之類的地方自治、自保的武力，承平之時已是官方難以掌控的勢力，戰亂之時又必須防其「附敵」，因此，有時候也是官方想要「剷除」的對

象。例如《鳳山縣采訪冊》(1879) 便說：「其名為義民，實較賊甚。」劉家謀（咸豐初年的臺灣府學訓導）提到府城五大姓（林爽文之亂時的義民）時也說他們：「并強悍不馴，各據一街，自為雄長」（伊能嘉矩，1985）。

由此可見，官方對「義民」的態度也是愛恨交織。事實上，戴潮春（戴萬生）在「叛變」（起義）之前，便是彰化地區辦理「團練」的首腦，也曾「隨官捕盜」而被官方嘉許、重用。

總而言之，「義民」究竟是義或不義、忠或不忠，完全取決於評斷者的身分和立場。我個人認為，能在戰亂之際，起而執干戈以衛家園、親黨的人，的確可以說是英勇，也可以說是對其鄉土、親人有忠有義，至少不應予以譴責。

不過，我也不認為所有的「義民」都值得我們歌頌或崇敬。

舉例來說，根據《重修臺灣縣志》(1752)、《重修鳳山縣志》(1764)、《續修臺灣縣志》(1807) 和連橫《臺灣通史》等書的記載，朱一貴「起義」之初，其群眾雖然以漳、泉籍居多，但也有不少粵人（客家人）加入其陣營。後來，因為朱一貴「行令頗嚴」，禁止其部屬侵擾百姓，凡是「掠民財物者，聞輒殺之」，而粵人的首領杜君英等人則希望藉機「大肆淫掠」，並想擁立杜君英之子為王，因此雙方便因意見不合而交惡。杜君英等人更是反過頭來，糾集粵人，打起大清的旗幟，主動攻擊閩人（史書用的字眼是「肆毒閩人」），根據記載，「諸泉、漳多舉家被殺、被辱」，而那些被殺、被辱的泉、漳之人並不是參與朱一貴「起義」的「亂黨」。當然，泉、漳

之人也曾起而報復，也殺了不少無辜的粵人，但在事平之後，唯獨死難的粵民（無論是良民或是匪類）因清廷的褒揚而成為「忠義」之士，而閩人則被官方認為是「死有餘辜」。

回顧這一段歷史，並不是想再一次挑起閩客族群之間的仇恨，而是希望藉著以往的悲劇，提醒大家和諧之必要，同時也盼望大家能充分認識「義民」的多種不同面貌，不要盲目地頌揚或貶損所謂的「義民」精神。

結　語

總而言之，「義民廟」和「義民爺」的由來和屬性都非常複雜，而一般民眾收葬「義民」這一類的無主屍骸，以及建廟祭拜的動機也是多重而歧異。有人是基於悲憫或同情，有人是由於恐懼無祀的枯骨和厲鬼會作祟，有人是為了祈福或得福報，有人是基於「處境」、「身分」或「精神」上的認同，也有人只是「隨俗」。因此，實在很難用單一的角度來看待「義民爺」這一類的信仰，也很難用寥寥數語就交代崇拜「義民爺」的緣由。

不過，我們至少知道，根據目前既有的研究成果來看，「義民廟」絕非客家地區特有的產物；其次，「義民廟」所祀的「義民爺」也不僅限於協助滿清政府「平亂」、保鄉衛國而壯烈犧牲的客家人；第三，將「義民爺」和「有應公」、「萬善爺」相提並論，指其本質為「無名無主的孤魂」，在宗教學上並無不當，更無侮辱或蔑視任何族群之意；第四，對於「義民」的評價可以有多重而歧異的看法。

　　最後，我希望，在這樣一個信仰、政治與族群相互糾葛的議題上，大家能跳脫自己既定的立場，以更寬容的心胸來回顧歷史、面對現代，以更多元的角度來看待「義民爺」。

參考書目

仇德哉，《臺灣之寺廟與神明（四）》，臺中：臺灣省文獻委員會，1983。

伊能嘉矩，《臺灣文化志》1928，東京：刀江書院，1965年重印。中譯本：臺灣省文獻委員會譯編，《臺灣文化志》，臺中：臺灣省文獻委員會，1985。

吳新榮，〈鹽水忠義公祭〉，《南瀛文獻》5，1959。

呂理政，〈禁忌與神聖：臺灣和人鬼神信仰的兩面性〉，《臺灣風物》39：4，1989。

李豐楙，〈苗栗義民廟信仰的形成、衍變與客家社會：一個中國式信仰的個案研究〉，《國立中央圖書館臺灣分館建館七十八週年暨改隸中央二十週年紀念論文集》，臺北：國立臺灣圖書館，1993。

阮昌銳，《民俗與民藝》，臺北：臺灣省立博物館，1984。

阮昌銳，〈義民爺的崇拜及其功能〉，收入氏著，《中國民間宗教之研究》，臺北：臺灣省立博物館，1990。

岡本俊介，〈義民廟の由緒〉，《民俗臺灣》3：7，1943。

林富士，《孤魂與鬼雄的世界：北臺灣的厲鬼信仰》，臺北：臺北縣立文化中心，1995。

林衡道，〈臺灣民間信仰的神明〉，《臺灣文獻》26：4；27：1，1975～1976。

秦桑，〈化身千百護粵民：全省義民廟巡禮〉，《三臺雜誌》14，1978。

陳運棟，〈從歷史與族群觀點看義民信仰〉，收入徐正光等編，《客家文化研討會論文集》，臺北：文化建設委員會，1994。

陳運棟，〈誰說褒忠義民是客家之恥〉，《客家風雲》創刊號，1987。

曾振名，〈褒忠義民廟的社會功能：從宗教組織看新竹客家人之都市化〉，
　　《民族學通訊》15，1977。

曾景來，《臺灣宗教と迷信陋習》，臺北：臺灣宗教研究會，1938。

曾德信，〈客家人與六堆忠義祠〉，《臺灣風物》17：3，1967。

黃文博，〈有求必應：臺灣民間有應公信仰〉，收入氏著，《臺灣冥魂傳奇》，
　　臺北：臺原出版社，1992。

鈴木清一郎，《臺灣舊慣・冠婚喪葬と年中行事》，臺北：臺灣日日新報社，
　　1934。中譯本：馮作民譯，《增訂臺灣舊慣習俗信仰》，臺北：眾文圖書
　　公司，1989。

廖漢臣，〈有應公〉，《臺灣風物》17：2，1967。

劉還月，〈客家人與義民信仰〉，《臺北畫刊》345，1996。

毅振，〈義民爺〉，《臺灣博物》10：1，1991。

蔡相輝，《臺灣的祠祀與宗教》，臺北：臺原出版社，1989。

瞿海源，《重修臺灣省通志，卷三：住民志宗教篇》，南投：臺灣省文獻委員
　　會，1992。

厭勝的傳統

厭惡與愛戀

南朝劉勰曾經撰寫〈滅惑論〉，對道教提出嚴厲的批判。其中，提到道教的法術時，曾說：「消災淫術，厭勝姦方，理穢辭辱，非可筆傳。」(《弘明集》卷八) 至於法術的內容則一字不提。總之，在這位佛教徒眼中，「厭勝」是一種「姦方」，不值得記載或討論。

類似的態度也可以從儒者身上看到。例如，在北宋哲宗元祐年間 (1086～1094) 擔任太常博士的顏復，曾經建言：

> 士民禮制不立，下無矜式。請令禮官會萃古今典範寫五禮書。又請考正祀典，凡干讖緯曲學、汙條陋制、道流醮謝、術家厭勝之法，一切芟去。俾大小群祀盡合聖人之經，為後世法。(《宋史》卷三四七)

顏復是顏淵的四十八世孫，一生以振興儒學為職志，在禮制上主張以古典儒家經典為標準，刪除其他陋典雜術。其中，道教的「醮謝」之典和術家的「厭勝之法」也在排斥之列。

從以上這兩個例子來看，無論是道教還是術家的厭勝，都令某些佛教徒和儒者感到厭惡。事實上，在法律上，對於「厭勝」的行為也有所規範。例如，唐律「憎惡造厭魅條」便規定：

> 諸有所憎惡，而造厭魅及造符書咒詛，欲以殺人者，各以謀殺論減二等。以故致死者，各依本法殺。欲以疾苦人者，又減二等。即於祖父母、父母及主，直求愛媚而厭咒者，流二千里，若涉乘輿者，皆斬。（《唐律疏議》卷一八）

至於所謂的「厭魅」，長孫無忌等人的「疏議」說：

> 厭事多方，罕能詳悉，或圖畫形像，或刻作人身，刺心釘眼，繫手縛足，如此厭勝，事非一緒；魅者，或假託鬼神，或妄行左道之類；或咒或詛。

由此可見，厭魅其實包括了厭勝之術和魅道（媚道），其功用或用來殺人，或令人生病、痛苦，或令人愛戀自己。無論如何，從統治者的角度來說，這些都是邪術。

儘管有人對於厭勝之術深惡痛絕，但是，從政府必須以法律嚴加禁止來看，必定也有一些人深好此道。事實上，我

們只要一翻查二十五史，便會發現，從《史記》一直到《清史稿》，有關厭勝的記載可以說是不絕於書。因此，我們有必要探討一下，厭勝究竟是什麼？

「厭勝」似乎是漢代人才開始使用的一個詞彙，班固的《漢書》和王充的《論衡》都曾多處使用。不過，似乎不曾有人解釋過這個詞彙的涵義，因此，我們只能從字義，以及和厭勝有關的各種行事加以判斷。

「厭」在古代文獻中，常和「壓」通假，有逼迫、壓抑、鎮壓、鎮服、掩蓋和禳除的意思。因此，所謂「厭勝」，似乎是指強力鎮壓、逼迫、排除某種東西，使之屈服而取勝。

此外，「厭」也有滿足、順服、安靜、平安、靜止的意思。因此，「厭勝」似乎也可以解釋為平安的、順利的克服困難，心滿意足，順遂勝利。

這兩層意思並不完全相同，但也不互相矛盾。二者的差異，是因為評判的角度不同所造成，這從施行厭勝之術的目的和時機便可以知道。總之，從字義來看，所謂的「厭勝」之術，嚴格來說，並不是單指某種特定的法術，而是泛指在手段和方式上帶有強制性的法術。

福己與禍人

厭勝的目的和其他法術一樣，基本上都是為了祈福避禍。但是，由於厭勝主要是用一種強制、逼迫的手段，所以，通常都用來禳除災禍、鎮壓妖邪或消滅敵人。當然，災禍消除，平安和福祥自然而來。因此，這種類型的法術，通常是以「禍

人」做為「福己」的手段，不過，有時候其對象並不是人而是鬼神或物怪。

　　例如，晉代的淳于智，以「能易筮，善厭勝之術」聞名，曾以符法殺死一隻怪鼠，替劉柔解禍，並曾指點鮑瑗脫離「喪病貧苦」的厄運。此外，他還能以符法替人治病，史書說他「消災轉禍，不可勝紀」(《晉書》卷九五)。

　　其次，唐高祖之時，擔任尚書、僕射之職的劉文靜，因為家中「妖怪數見」，便召來巫者「於星下被髮銜刀，為厭勝之法」(《舊唐書》卷五七)，可見，厭勝的目的有時候是為了去除妖怪。

　　此外，唐玄宗天寶三年 (744)，戶部侍郎兼中丞楊慎矜，由於父親的墳墓「草木皆流血」，因此，便請教胡人史敬忠解除的辦法。史敬忠便教他「身桎梏，裸而坐林中厭之」。然而，法術似乎無效。不僅如此，楊慎矜後來還被賜死，理由之一便是交結術士，施行「厭勝」之術 (《新唐書》卷一三四)。

　　除了以妖怪或鬼神為厭勝的對象之外，也有針對亡魂的厭勝法。例如，顏之推便說：

> 偏傍之書，死有歸殺。子孫逃竄，莫肯在家；畫瓦書符，作諸厭勝；喪出之日，門前然火，戶外列灰，被送家鬼，章斷注連；凡如此比，不近有情，乃儒雅之罪人，彈議所當加也。(《顏氏家訓》卷二)

所謂「歸殺」(歸煞)，是指人死之後不久，在特定的日子會

返回家內，危害其家人。因此，喪家必須出外躲避，以免被害，民俗稱之為「避煞」或「避衰」。這主要是出自於對亡者會作祟害人的恐懼，因此，在傳統中國社會中，在喪葬儀式的過程裡，大多會施行一些法術，做為「厭勝」之用。顏之推所提到的北朝之俗，在後代也還可以看到。

總而言之，施行厭勝之術，大多會有特定的目標和目的，具體來說，則不外下列七種。

疾　病

生病之時，可以求醫診治，以針灸或藥草療病，不過，也有人會採用厭勝之法。

例如，南朝齊明帝蕭鸞（於 494～498 在位）病重之時，似乎不曾延醫治療，而是「身衣絳衣，服飾皆赤，以為厭勝」（《南齊書》卷六）。

其次，北魏靈太后的父親胡國珍，在孝明帝神龜元年(518) 病倒。雖然也採取一般的醫藥治療，但他的家人同時也徵詢巫者的意見，而巫者則建議要用「厭勝之法」（《魏書》卷八三）。

第三，北齊孝昭帝高演，病重之時，曾看見文宣帝高洋的鬼魂作祟，大為嫌惡，於是備設「厭勝術」（《北齊書》卷五）。

第四，唐代李抱真是一個道教的信徒，相信神仙之術，服用了二萬丸的金丹之後，因為「腹堅不食」以致病重將死。當他剛生病時，由於「好機祥」，相信巫祝的「厭勝」法，因此曾上書「請降官爵以禳除之」，總共七次上章「讓司空」

（《舊唐書》卷一三二）。

第五，韓友是晉代著名的術士，「善占卜，能圖宅相冢」，同時精通「厭勝之術」。根據史書的記載，他曾先後以厭勝法治好龍舒縣長鄧林之妻，以及劉世則之女的怪病（《晉書》卷九五）。

以上這五個例子所提到的厭勝之術，其具體的方法雖然都不一樣，效果也不同，但都可以說明，「厭勝」曾被用來治病、救人。

水　災

在發生水災的時候，厭勝法也可以派上用場。例如，在漢代，碰到水災的時候，官方便會舉行祭典。而在祭儀的過程中，最重要的是要「鳴鼓而攻社」或「朱索縈社，伐朱鼓」，也就是用朱色的繩索縛繞社祠，並且擊打朱色的鼓。根據晉代干寶的說法，這個措施正是「聖人之厭勝之法」（《續漢書志》卷五）；而王充也認為，「伐社」或「攻社」的用意是要令「土」（社）「厭」（厭勝）「水」，以達到止水的目的（《論衡》卷一五〈順鼓〉）。

不過，這種方法可能沒有多大效驗，因此，很少見於正史記載。只有北宋徽宗在宣和年間（1119～1125），曾因京都（開封）大水，派遣道士林靈素行使「厭勝」之法（《宋史》卷四六二）。

火　災

在火災之後，也可以利用厭勝之法防止火災再度發生。據

說，漢武帝在長安城建造建章宮，便是為了厭勝火災。不過，根據文穎的說法，這種習俗其實起源於南方的越國。他說：

> 越巫名勇，謂帝曰：「越國有火災，即復大起宮室以厭勝之。」故帝作建章宮。（《漢書》卷六）

不過，他不曾說明，在火災之地再起宮室，何以能厭鎮火災。而根據後人的說法，應該和宮室建築中的一些畫像有關。例如，《唐會要》便記載說：

> 東海有魚，虬尾似鴟，因以為名，以噴浪則降雨。漢柏梁災，越巫上厭勝之法。乃大起建章宮，遂設鴟魚之像於屋脊，畫藻井之文於梁上，用厭火祥也。（卷四四）

由此可見，在古人眼中，真正能鎮服火災的，似乎是能噴浪降雨的鴟魚畫像。

在漢武帝之後，武則天也曾效法這個「建章故事」。據說，在證聖元年 (695) 正月十六日晚上，大火燒毀了「明堂」和「天堂」，武則天大懼，以為是天譴之災，想要「避殿徹樂」。但宰相姚璹則不以為然，反而引用「建章故事」，勸武則天「重造明堂以厭勝之」（《舊唐書》卷三七）。

生　育

對於古人來說，沒有子嗣也是一種災難。尤其是在妻妾

眾多的家庭中，一個不能生育的婦女，命運更是悲慘，即使是貴為皇后也不例外。因此，如何順利孕育子息，一直是多數傳統中國婦女生活中始終不變的焦慮。迫不得已，各種殊方異術也會一試，即使因而身敗名裂、首身異處，也在所不惜。

舉例來說，唐玄宗的第一任皇后王氏，是在先天元年(712)被立為皇后，但因「久無子」，因而失寵，玄宗甚至考慮廢除她的后位。在這種情形下，王氏的哥哥王守一便替她去求取「厭勝」之法。後來，有一位僧人便教他們「祭北斗，取霹靂木刻天地文及帝諱合佩之」，並且保證，王氏「後有子，與則天比」。結果，到了開元十二年(724)，事情敗露了，王氏因而被廢為庶人，王守一則被賜死（《新唐書》卷七六）。

權　位

女人要的是子嗣，男人要的則是權位，尤其是帝位。而在帝位的爭奪戰中，厭勝也是一種重要的手段。

舉例來說，西漢哀帝建平二年（前5），有一名方士叫夏賀良，曾上書給哀帝說：「漢家歷運中衰，當再受命。」簡單的說就是，哀帝的帝位和劉氏政權有危險了。於是，哀帝便「改號為太初元年」，稱自己為「陳勝劉太平皇帝」，以厭勝之。這一招似乎保住了哀帝的帝位，卻保不住劉氏的江山。到了西元8年，西漢王朝便壽終正寢，由王莽當家做主，建立新朝。而王莽坐上帝位之後，也是戰戰兢兢的，深怕劉氏復辟，因此，也採取了一連串的「厭勝」措施。其中之一便是，因「忌惡劉氏，以錢文有金刀，故改為貨泉」，或以貨泉字文為「白水真人」（《後漢書》卷一），這種手法和歷代鍛鑄

「厭勝錢」的用意非常相似。

其次，南朝齊高帝蕭道成的祖墳，在武進縣的彭山。這座山「崗阜相屬數百里」，宋明帝劉彧還在位時，由於山上「有五色雲氣，有龍出焉」，引起大家注意。宋明帝則大為畏惡，於是派遣了相墓工高靈文前往占視。而高靈文因為和蕭道成之子蕭賾（後來的齊武帝）交好，因此，探視之後便騙宋明帝說，墓主的子孫「不過方伯」。但是，宋明帝還是不放心，於是「遣人於墓左右校獵，以大鐵釘長五、六尺釘墓四維，以為厭勝」（《南齊書》卷一八）。只不過，如此作為，還是保不住劉氏的江山。宋明帝死後七年 (479)，蕭道成便接受劉氏的禪讓，登上皇帝的寶座，建立了齊王朝。

戰　爭

權位的爭奪與鞏固，往往必須訴諸武力，不能只靠改改名號或壞人風水。不過，在戰場上，誰也沒有必勝的把握，危困之際，還是會祭出厭勝的法寶。事實上，在中國戰爭史上，運用厭勝之術以求克敵制勝，可以說是源遠流長，甚至獨立成家。這也就是《漢書‧藝文志》所說的「兵陰陽」家，所著錄的《太壹兵法》、《神農兵法》、《黃帝》、《別成子望軍氣》、《辟兵威勝法》等十六家。大致都在講明「順時而發，推刑德，隨斗擊，因五勝，假鬼神而為助」的戰爭法術。《宋史‧藝文志》「兵書類」所著錄的《六十甲子厭勝法》、《占風雲氣》等書，應該也是這個傳統下的產物。

總之，戰場上瞬息萬變，決定勝負的變數太多，充滿了不確定性。因此，也是施展法術的最佳舞臺，相關的事例不

勝枚舉，以下只舉正史之中幾則比較具有代表性的故事，略做說明。

　　首先，還是以王莽為例。自從他篡漢之後，天下義兵大起，並且攻向京師長安。王莽無奈之餘，便想用「厭勝」的手段來退敵。因此，在天鳳四年 (17) 八月，王莽便「親之南效，鑄作威斗。威斗者，以五石銅為之，若北斗，長二尺五寸，欲以厭勝眾兵」（《漢書》卷九九）。到了地皇四年 (23)，當他的軍隊節節敗退，眾叛親離之際，王莽又再次施展他最擅長的厭勝之術，首先，派人破壞、汙染西漢諸帝的陵墓。後來，崔發說「國有大災，則哭以厭之」，於是，王莽又率領「群臣至南郊大哭」，並且告訴「天下諸生小民旦夕會哭」，比較會哭的，還被派任為「吁嗟郎」（《漢書》卷九九；《前漢紀》卷三〇）。最後，王莽是失敗了，但他在戰場上屢敗屢戰的精神，怪招百出的創意，卻是永存不朽，堪稱典範。

　　其次，西晉時期，由於爭奪帝王，爆發「八王之亂」，司馬氏諸王內鬥。其中，在晉惠帝永康二年 (301)，趙王司馬倫廢掉惠帝，自立為帝，更是引起一場激烈內戰。而在齊王、河間王和成都王聯合起兵之後，司馬倫大為恐懼，深怕敗戰。因此，便派遣楊珍日夜到宣帝（司馬懿）別廟祈請祐助，又「拜道士胡沃為太平將軍，以招福祐」。他的親信孫秀則是「日為淫祀，以作厭勝之文，使巫祝選擇戰日」。此外，「又令近親於嵩山著羽衣，詐稱仙人王喬，作神仙書，述（司馬）倫祚長久以惑眾」（《晉書》卷五九）。這些手法也頗有新意，其中，不少是激勵自我和其群眾必勝信心的心理戰術。至於「厭勝之文」可能是做為攻擊敵軍用的符書，而「戰日」的

選擇則是厭勝法術中的一環，也是「兵陰陽家」所側重的厭勝要素之一。

第三，南朝齊廢帝東昏侯蕭寶卷也是一位有趣的人物。當他被蕭衍等人的兵馬圍困在建康（南京）城裡的時候，他一心一意想用厭勝之法打敗敵人。不過，他的厭勝法大多是一些虛張聲勢的手法。比較值得注意的是，他採取了法術中常用的「替代法」（或移禍法）。但是，他使用的並不是「替身」，而是用「扮演」、「預演」的手法，將可能發生的災禍預先演示，以便移除真正的災禍。史書說他：

> 與御刀左右及六宮於華光殿立軍壘，以金玉為鎧仗，親自臨陣，詐被創勢，以板輿將去，以此厭勝。（《南史》卷五）

這是企圖以「演示性的受傷」替代真正的敗戰，可以說頗具創意。

第四，唐代藩鎮之中，掌控蔡州的吳少誠，手下有一支非常勇悍的「騾子軍」，據說，這一支軍隊在甲仗上都「畫雷公星文以為厭勝」（《舊唐書》卷一四五）。這種方法，和葛洪所說的「辟五兵之道」一樣，主要是利用符咒之類的東西，召請鬼神，保護士兵，使他們能夠刀槍不入（《抱朴子》內篇卷一五〈雜應〉）。有人認為，日軍在第二次世界大戰時配戴「千人針」和「神符」，也是這一類的厭勝之術。

第五，是一種非漢民族的戰爭巫術。在戰場上使用厭勝之術，並不是漢族的專利或特技，許多中國境內或邊境的非

漢民族，也精通此道。例如，宋代開封的將家子張蘊，有一次，隨軍征討安南，當他渡過富良江，追擊蠻兵時，卻看見蠻人「使巫被髮登崖為厭勝」，張蘊於是一箭將巫者射死，全軍為之讙譟（《宋史》卷三五○）。

第六，明神宗萬曆元年 (1573)，李錫率兵攻打南方瑤族時，也曾遭遇「異族」以厭勝之術抵抗。據載，李錫連破瑤人數巢之後，水陸並進，一路追擊，直達清州邊界，瑤人於是遁入大巢。該處地勢險惡，崖壁峭絕，明朝的官兵必須仰攻，而瑤人一方面用重柵拒守，另一方面則是擲射「鏢弩矢石」，而且還「令婦人裸體揚箕，擲牛羊犬首為厭勝」（《明史》卷二一二）。這種厭勝法比較奇特的地方，在於同時運用了裸露的女體、箕、動物犧牲這三種法寶。其中，使用裸女以厭勝敵軍的方法，和明清兩代用以對抗火砲的「陰門陣」頗為類似，值得進一步探究。

謀　殺

厭勝之術往往以別人的痛苦或死亡，換取自己的幸福和快樂，因此，唐律視為「謀殺」，想要嚴加禁絕。然而，歷代以來，以厭勝之術殺人、害人的例子還是屢屢見於記載。

例如，宋貴人曾在東漢章帝建初三年 (78) 產下皇太子，因而得寵。但也招來竇皇后的妒恨和誣害，被控「欲作蠱道祝詛，以菟為厭勝之術」，以致失去皇帝的寵愛（《後漢書》卷五五）。

其次，隋煬帝之時，宗室楊綸曾和術士王琛、沙門惠恩、崛多等人有所往來，並令他們三人「為厭勝法」，後來被人告

發，說他「怨望咒詛」。黃門侍郎案驗之後，認為楊綸「厭蠱惡令，坐當死」。結果，隋煬帝雖沒殺他，卻也將他「除名徙邊郡」(《北史》卷七一)。

第三，唐高宗之時，皇后王氏因和武則天爭寵不勝，便和其母柳氏祕密「求巫祝厭勝」。事發之後，高宗大怒，終於在永徽六年 (655) 將她廢為庶人，囚在別院。後來，武則天甚至令人將她縊殺。

第四，唐高宗儀鳳四年 (679)，正諫大夫明崇儼被盜賊殺害。但是，當時人卻認為他是因為「密與天后（武則天）為厭勝之法，又私奏章懷太子不堪繼承大位，太子密知之，潛使人害之」(《舊唐書》卷一九一)。

第五，清聖祖康熙四十七年 (1708) 廢掉太子允祉。然而，事後卻發現，允祉似乎是被人用厭勝之術所害，才會被廢。後來，還在他的居室中「得厭勝物十餘事」，並且查出是皇長子允禔命令蒙古喇嘛巴漢格隆施行法術所致。因此，次年，又立允祉為皇太子 (《清史稿》卷二二)。

從這些事例來看，無論「厭勝」是否真能害人，施術者其實都會先遭殃，事實上，誣告之事也相當多。此外，遭人厭勝往往會被用來解釋一個人何以會行為違常或大逆不道。總之，操弄這種厭勝之術，是一種高難度的藝術和神技，運用得好，確能去禍來福，但稍有不慎，卻會作法自斃。

禁斷與不斷

從眾多的事例來看，厭勝之術的確充滿了暴力、破壞、

殘酷、神祕和邪惡的色彩，因此，歷代以來，一直有人嘗試
加以禁絕。但是，從史書的記載也可以知道，使用厭勝的法
術以福己禍人，幾乎已經成為一種傳統。在中國社會中，無
論是帝王后妃、王侯將相，還是編戶齊民、奴僕婢妾，在某
些特殊的情境之下，都有人會為了特定的目的行使厭勝之術。
至於這一方面的專家，主要還是巫者之流的人物和專門的方
術之士，但是，有些道士和僧侶似乎也頗為精通。因此，厭
勝之法應該可以說是各種宗教人物所共同開發、共同擁有的
技法。而且，不僅有漢民族的傳統，也有非漢民族的成分。
也許，這才是真正的「通俗文化」(popular culture) 吧！

「魅」的馴服與迷惑

引言：妖精打架

　　最近幾年，由於「哈利波特」、「魔戒」、「古墓奇兵」等歐美電影及小說的風行，大家對於西方的魔法與精怪世界的興趣，似乎逐漸勝過香港電影所掀起的東方僵屍和鬼怪熱潮。不過，無論怎麼看，論想像力之豐富及結構之嚴謹，這一類的作品似乎都還沒超越東方的鬼怪、幻想小說。

　　就以中國傳統的章回小說《西遊記》來說，在文學史上，這部書絕對稱得上是一部魅力無窮卻「不易閱讀」的「奇書」。《西遊記》敘述的是唐代高僧到西方取經的經歷，因此，大家都會認為這是一部宣揚佛法的故事書。但是，從書中所使用的諸多術語和所描述的天界來看，也有人認為這是道教影響下的產物。另外，有人利用它來分析傳統中國的政治社會結構。也有人認真的考證唐三藏「取經」所歷之地是否實

存，討論孫悟空和印度、東南亞一帶的猴子神話之間的關係，探討《西遊記》在東亞世界形成與傳衍的經過。還有人視它為「神魔」小說或旅遊文學，試圖找出它的敘事結構和隱喻。

面對如此奇妙的一部書，任何一種解讀都有其價值。但是，我們千萬不要忘記，書中大部分的篇幅都是在描述「妖精打架」。事實上，書中的主要角色，孫悟空是猴精（也是石頭精），豬八戒是豬精，沙悟淨（沙和尚）是流沙精（水怪），馱經的白馬則是龍精所化，而他們和唐三藏在取經途中所遭遇的「八十一難」，絕大多數是各式各樣的妖精在作怪，他們都能化作人形或變化多端，而「原形」則大多是動物（如獅、虎、狼、熊、象、犀、鹿、牛、狐、大鵬鳥、蛇、蠍、蜈蚣、蜘蛛、鼠、魚、黿、鼉等），也有少部分是植物（如松、竹、楓、檜、杏等）或是無生物（如石頭、白骨等）。

將眾多的「妖精」擺放在僧人朝佛、求法的途中，看似作者吳承恩 (1500～1582) 一時的巧思或突兀的安排，其實卻是中國古代精魅、物魅觀念在十六世紀的再次顯現。

異域的怪物

近、現人常說的妖怪、妖精，在古代一般稱之為魅。「魅」這個字早在殷商時期的甲骨文中便已出現，字形像是長了三根毛的鬼，字義則不容易判斷。但最晚到了西元前六、七世紀，便已經出現「螭魅」這個語詞，用來指稱一些形狀怪異、凶惡毒害的生物（主要是獸形或人獸合體）。這種「怪物」主要是居住在「中國」的邊境和「中國」之外的「異

域」，或是出沒於「中國」境內的山林、溪谷之類的偏遠地區。有時候，「螭魅」也被用來指稱華夏之外的蠻夷、「異族」。因此，當中國和西域、南洋一帶逐漸有比較密切的接觸，「華夏」民族的活動範圍逐漸由黃河流域向長江流域擴散，由平原、臺地向山林、水域前進之後，文人筆下的「外國」景物和「遊記」之中，便常出現這一種夾雜著幻想與寫實的稀奇或邪惡「怪物」。

無形的物怪

而最晚到了西元前第三世紀，又出現了「鬼魅」這個新的詞彙。「鬼魅」和「螭魅」雖然只有一字之差，義涵卻大不相同。「螭魅」有特定的形體，即使怪異、恐怖，仍可以辨識、觸摸，「鬼魅」則被認為是「無形」之物，意指可以「隱形」或沒有固定形體的「東西」。

物老成精

除此之外，在戰國到東漢時期（大約從西元前第三世紀到西元第二世紀）的文獻中，還出現了三個語義非常接近的語詞，也就是「物魅」、「老魅」和「精魅」。這幾個語詞所顯現的核心觀念是「物老成精」，「魅」也被稱之為「老物精」。換句話說，任何「東西」，包括生物和無生物，甚至是「人」（包括活人和死人），只要夠老，存在的年代夠久，便可能變化成「精魅」，而且大多能以人的形貌出現。不過，究竟什麼

樣的「東西」會變成精魅，在西元第二世紀以前，相關的論述仍然很少。「魅」仍然被視為罕見、稀有的東西。

人間有妖魅

到了六朝時期（大約從西元三到六世紀），由於佛、道二教的影響，與外國文化的交流增多，再加上文人好奇、好博、好談論的習尚，藉由「精怪」故事的口述、筆錄與傳抄，中國人對於「魅」的認知或想像，便幾乎完全定型。

透過眾多「志怪」材料，我們發現，六朝的精魅可以說是包羅萬象，野生的獸類（狐狸、狸貓等）、陸上及水中的爬蟲類（蛇、龜、黿、鼉、獺等）、昆蟲（蚱蜢、蠍子等）、植物、家中的牲畜（豬、雞、犬等）、日常的用品（枕、屐等），以及「死人」，都能變成精魅，化為人形或人獸合體之物。他們的活動空間，不再局限於異域、邊境、荒野、山林，水濱、路旁、農田、墓區、村落、都城、廟宇、官府及百姓家中都有他們現形的記錄。而且，他們出沒的場景，也不再局限於黃昏和夜晚；他們可以在光天化日之下，登堂入室，上床寢處，甚至停留數月、數年之久。

此外，我們也發現，在六朝人的觀念裡，無論男女老少、貧富貴賤、士農工商，家居者或旅行者，任何人都可能和精魅有所遭逢。而逢魅之人，輕則受到驚嚇、迷惑或干擾，重則會受到性侵害，甚至因而生病、死亡，當時的醫書便將這種傷害稱之為「鬼交」或「魅病」。不過，和精魅交歡之人，大多會覺得快樂無比，不肯斬斷情緣、愛戀。

　　總之，從此之後，魅不再是罕見、陌生之物，而是「人間」的一部分，成為中國人在日常生活中就可能遭逢之物。同時，日漸熟稔之後，魅也逐漸被馴服。即使是《西遊記》中法力高強的妖精，最後也都一一被收服。

結語：魅的魅力

　　不過，無論中國人對於精怪世界的建構經歷多少次的改造，「魅」即使能隱能顯、變化多端，卻始終被認為是「異常」之物，帶有迷亂、妖怪、邪惡的氣息。因此，在傳統中國社會中，一些具有神異能力、特殊才能的人，或是擁有眾多信徒或追隨者的人（如老子、佛陀），或是容貌非凡、令人迷戀的女子，往往會被人懷疑是否是「魅」的化身。

　　到了近代，我們用「魅力」一詞形容一些公眾人物（如政治人物、演藝人員、宗教領袖、藝術家、學者等）、俊男美女、「名牌」物品的「吸引力」，雖然意在讚美，但仍隱指其具有「非人」或「非常人」的特質，帶有若干「凶惡」的屬性。換句話說，我們即使馴服了魅，心中仍有一點點不安，仍擔心受其魅惑、遭其毒害。

　　然而，我們真能或願意將「魅」逐離人間嗎？恐怕很難！我們大多平凡庸俗，生活單調乏味，日子幾乎一成不變，因此，我們永遠會對於「非凡」之人有所憧憬，對於「異常」之物有所覬覦，對於「妖怪」的世界有所幻想。

道在屎尿

東郭子問於莊子曰：「所謂道，惡乎在？」
莊子曰：「无所不在。」
東郭子曰：「期而後可。」
莊子曰：「在螻蟻。」
曰：「何其下邪？」
曰：「在稊稗。」
曰：「何其愈下邪？」
曰：「在瓦甓。」
曰：「何其愈甚邪？」
曰：「在屎溺。」
東郭子不應。

　　這是《莊子・知北遊》裡的一段精彩對話，對這段話，
唐代的成玄英曾有相當簡要的疏義，他說：「大道無不在，而
所在皆無，故處處有之，不簡穢賤。東郭未達斯趣，謂道卓
爾清高，在瓦甓已嫌卑甚，又聞屎溺，故瞋而不應也。」這

　　說明了東郭子最後閉口不應的原因。其實，在聽到莊子「道在屎尿」的說法時，能不閉口的恐怕也不多見，一般人對於「屎尿」這種東西總不太喜歡沾惹，尤其不喜歡拿它來做為談論的對象，但這並不是說「屎尿」就不值得談或不應該談。宋人宗元曾說：著衣、吃飯、屙屎、放尿、駝個死屍路上行，這五件事是人「須自家支當」而無法由別人替代（《五燈會元》卷二〇），從這個角度來說，對這樣一種任何人都會有、都逃避不了的「東西」，絕不應該閉口不談。而若從史學研究的角度來說，至少也有三個理由值得我們去探討有關「屎尿」的問題。

　　第一，從農業史的角度來說，「屎尿」一直是中國農人常用的一種「肥料」。根據胡厚宣先生的研究，早在殷商時期，當時人對糞肥的效用便已有了認識，而最遲在戰國時代，「糞田」便已成為一種相當重要而普及的農耕技術了，例如《荀子・富國篇》即云：「多糞肥田。」《韓非子・解老》言：「積力於田疇必且糞、灌。」《呂氏春秋・季夏紀》亦云：「燒薙行水，利以殺草，加以熱湯，可以糞田疇，可以美土疆。」……此外，在歷代的農書上，更屢屢可見「糞田」的記載。糞田所使用的「肥料」雖然大多是動物的排泄物，但是，依我在臺灣農村生活的經驗，臺灣農家的「堆肥」（臺語叫「土糞」）事實上兼用人的屎尿，可見人的「遺物」在歷代的「糞田」作業上應該不會被割捨掉。由此可知：「屎尿」儘管髒臭，但卻與歷代中國人的溫飽息息相關，絲毫也輕忽不得。

　　第二，從醫學史的角度來說，「屎尿」常常是中醫藥方中不可或缺的一種「成分」。以 1970 年代在湖南省長沙馬王堆

三號漢墓所出土的《五十二病方》來說，這本古老的醫書在許多的「病方」中都列有人的屎尿，例如：㈠被毒箭射傷，須飲用「小童溺（尿）」。㈡用來薰治「牝痔」（肛邊腫生瘡而出血）的藥水中即須有五斗的尿。㈢治療「血痔」（因便而清血隨出），則可用尿煮熟一隻公鼠，然後用蒸氣來蒸燙患處。㈣被火燒傷而潰爛，可用「人泥」塗敷患處。所謂人泥，或以為便是「人屎」（另一種說法是「人垢」）。㈤治療瘢痕的藥方之一是「以水銀二，男子惡四，丹一，并和」。所謂「男子惡」，或以為便是男人的「屎尿」（另一種說法說是男人的「精液」）。㈥治療腳脛的傷痛，可用「久溺中泥」敷於患處。所謂「久溺中泥」就是為人長期溲溺之地的泥土。㈦治療瘡痂，可用嬰兒尿浸漬羊屎，然後敷在患處。㈧治療「乾騷」（乾癬），可煮尿調和豬膏、藜蘆以敷在癢處。從以上所舉的例子可以知道，屎尿能醫治的疾病還不在少數。而這種用屎尿為醫方的情形並不僅見於《五十二病方》一書，他如編成於魏晉時期的《名醫別錄》、宋代的《政和本草》等醫書也都把屎尿放入「人部藥」之中。可見，屎尿儘管汙穢，但在醫家的眼中，有時卻也是治病救命的良方。

　　第三，從宗教史的角度來說，「屎尿」的有無往往被視為是人、神之間的主要差異之一，有時候，不同的宗派之間甚至會因為這個問題而起爭執。據說，歐洲中古時期的基督教教士便常常辯論「天堂裡究竟有無屎尿」這個課題，而後來的宗教革命者馬丁路德便斷言「上帝無屎無尿」，這個說法於是成為「新教」的教義。就中國的情形而言，在道教的傳說中，也有兩種不同的說法，一種以為：漢代的淮南王劉安昇

仙之後，在仙界的職務是「管理廁所」（《太平廣記》卷八），所以劉克莊的〈雜興〉便數落他說：「昇天雖可喜，削地已堪哀，早知守廁去，何須拔宅來。」（《後村大全集》卷四一）根據這種說法來推斷，仙界既有「廁所」可守，神仙有屎有尿應是當然之事。另一種說法則以為神仙的國度裡「不置溷所」（《太平廣記》卷三八三），因為神仙雖有飲食，但不用排泄，這也就是說：神仙無屎無尿。至於佛典的記載則比較一致，如《轉輪聖王修行經》論太古之人的「九病」（九種煩累），其中第五、第六病即為「大便」、「小便」。而《彌勒下生成佛經》則以「便利、飲食、衰老」為人的三病，「便利」一詞，據錢鍾書先生的意見，便是「大小便」，而要想成佛，便須先祛除三病（九病）。這也就是說，有無屎尿便是人佛之別，故行滿禪師「四十年間未嘗便溺」，便有人認為他是「大士現身，受食而實不食故也」（《佛祖統紀》卷一○），否則就真的太「不可思議」了。由此可知，屎尿雖然令人嫌惡，卻是人所以為人的重要象徵，而且往往是宗教觀念裡「聖與俗」、「淨與穢」的分野所在。

以上就是「屎尿」值得探討的三個理由。除此之外，因「排泄屎尿」所引起的種種建築、生活、官制和宗教信仰上的問題，也都能顯示出「屎尿」這樣東西的重要性，不過，本文於此暫不詳談。

總之，做為史學研究的一個課題，「屎尿」應該是夠資格的。從這個角度回過頭來看莊子和東郭子的那一段對話，莊子能在二千多年前就喊出「道在屎尿」一語，正式揭示「屎尿」的重要性，真可說是一種「天才的聲音」。

在廁所中演出的歷史

　　人一有飲食，就有屎尿，一有屎尿就必須「排泄」，這是很單純的一種本能行為。但是，人是有「文化」的動物，而一有文化，許多本能的行為往往便會被一些「禮節」、「儀式」所壓抑或偽飾，尤其是排泄這件事，既要赤身裸體，排泄物又惡臭難聞，更需要偽飾一番，而最好的偽飾方法，就是建造「廁所」，讓人能在裡頭盡情自由的「方便」，無虞被人窺見或引人嫌惡。

春秋時代，在朝廷之上小便，是極不禮貌的行為，到了漢代，便要砍頭

　　根據文獻記載，中國最晚在春秋時代就有了廁所（《左傳》成公十年），而一有了廁所，依照禮節，排泄的事當然就得在裡頭進行，否則就是「失禮」了，例如，西元前558年，鄭國的音樂家師春到宋國當人質，因為心裡相當不痛快，

所以在上朝的時候，在大庭廣眾之下，就想「小便」，因為師春是個瞎子，旁邊的人怕他出醜，就趕緊提醒他說「這裡是朝廷」，師春於是藉機諷刺說：「這裡沒有『人』，沒關係！」（《左傳》襄公十五年）我們不知道師春終究尿了沒有，但從這件事我們可以知道，當時在「朝廷」上尿尿恐怕是件很不禮貌的行為。再如，西元前 508 年，歲末，邾莊公和夷射姑一起喝酒，夷射姑大概是喝多了，就離席去小便，在宴席旁侍候的「閽者」就請求邾莊公把夷射姑吃剩的肉賞給他，而邾莊公非但不給，還一把搶過閽者手上的棍子，狠狠的敲在他頭上，這件事讓閽者很不高興，一直懷恨在心，所以，到了隔年的春天，閽者看見邾莊公站在門樓上觀望，就故意拿著一瓶水去清洗朝廷的地面，邾莊公一看就問是怎麼一回事，閽者於是藉機騙他說是因為夷射姑在那個地方便溺，所以得清洗，邾莊公一聽大怒，立刻派人去逮捕夷射姑（《左傳》定公三年）。由於沒逮到夷射姑，而邾莊公稍後也剛好出了意外死去，所以我們不知道在朝廷中小便究竟會不會受罰，但從邾莊公的反應我們可以知道，在朝廷上溲尿應該是一種很「不敬」的舉動。而在漢代，我們就可以很清楚的知道，當時已有明文規定不得在殿廷中隨意便溺，凡是觸犯這條禁令的就是「不敬」，在漢代，「不敬」的罪名可是會被砍頭的。

　　由此可見，有了廁所之後，人就不能隨地便溺，尤其不能隨意在「朝廷」便溺，否則恐有殺身之禍，這樣的禁忌不能輕易觸犯。

曹操怕楊彪對他不利，藉口如廁中途溜走

　　人一吃飽喝足就有排泄的需求，而排泄一事又不能隨地隨意行之，所以，在一些宴會的場合，杯酒交歡之際，便常會有人說要上廁所，這也就是古籍裡常可看到的「如廁」。

　　由於「如廁」乃是人皆有之的事，而且是無法強行抑止的事，所以，無論是什麼樣的場合，對於「如廁」的要求，幾乎沒有任何人「忍心」或「願意」阻擋。也就是因為這個緣故，「如廁」有時候便成為「脫身」的最好藉口，最有名的例子當然是「鴻門宴」，這一次的宴會原本就是一場謀殺，而最後，劉邦就是藉著「如廁」的機會，光明正大、步履從容地離開宴席，然後溜回自己的軍營。除了劉邦之外，曹孟德在漢獻帝建安元年也用過這個法子。當時因剛剛遷都到許，獻帝便在殿中設宴大會公卿，曹操也去了，可是一上殿，卻看見太尉楊彪對他有「不悅」之色，深怕在宴會的場合被謀殺，於是，不等宴席擺設好，也不像劉邦那樣吃喝酬酢一番才溜，立刻就「託疾如廁，因出還營」。曹操的「狐疑」是很有名的，這一次當然也是他多慮了，所以弄得空著肚子回家，而上廁所的事當然也只是個「藉口」。

　　不僅在宴會的場合可以藉「如廁」之名開溜，在車上同樣可以用這個藉口下車溜走，例如，東晉明帝病危之際，溫嶠要進宮接受遺詔顧命，便強拉當時頗有名氣的阮孚一起上車進宮，途中阮孚一直「固求下車」都不被應允，最後快到宮門時，阮孚只好說有「內迫」（內急）亟待解決，終於如願

下車，並開溜回家。

西晉愍懷太子在廁所裡遭孫慮以藥椎杵殺

　　「如廁」雖然是非常好的一種藉口，但果真去「如廁」，也並不怎麼愉快。據尚秉和先生言：「自晉至唐宋，凡大溲皆脫衣」，可見這是件挺麻煩的事，而小便即使不需脫光衣服，但古代廁所通常都不在住宅內部，而是在豬舍鄰近，假如是夜間或冬天需要起床「小便」，那可真不太「方便」。晉代嵇康在寫給山濤的「絕交書」裡說：「每常小便而忍不起。」雖然意在說明自己是個「疏懶」的人，但想想當時「如廁」的不方便，嵇康之言其實也只是一種「人之常情」而已。

　　「如廁」不僅是一件不太方便的事，有時候甚至還是一件「要命」的事，因為廁所是個謀殺人命的好場所。有許多的刺客，往往就選擇這樣一個人人都必須要去，而隱密性和隔絕性又高的場所，做為其下手的地方。例如，東周時代，三家分晉之後，豫讓為了替他的主子智伯報仇，便混進趙襄子宮中的廁所裡，準備等趙襄子如廁時再將他刺殺。西漢初年，貫高等人要謀殺漢高祖劉邦，也是在廁所裡埋伏刺客，等著劉邦去「如廁」赴死。這兩次的「謀殺」行動雖然都沒有成功，但如廁的驚險卻不容懷疑，而且也有真在如廁時被謀殺的，例如：西晉愍懷太子被廢之後，賈后怕他有反撲的機會，便叫孫慮帶著太醫令所合的「巴豆杏子丸」去毒殺愍懷太子，可是一直無法成功下手，最後只好利用他如廁時，在廁所裡將他「以藥椎杵殺之」。

廁神是個豬頭大眼的怪獸

「如廁」除了會被殺之外還有其他的危險，例如，西元前581年，晉景公就因為肚子發脹，「如廁」時掉進糞坑而淹死。而漢景帝的愛妃賈姬，有一次在上林苑上廁所時，就有一隻野豬衝到廁所裡去，害景帝緊張得帶著兵器差點就親自衝進廁所裡拯救他的「女人」。「如廁」時所以會有「陷廁」和野豬衝入的危險，主要是因為古代的廁所一般都採取「溷廁合一」的形式，糞坑往往挖得很深，而且下連豬舍，以至於會有這樣的凶險。

除了上述種種之外，如廁還有一種相當「神奇」的恐怖之事，例如，西晉末年，八王之亂時，中書令卞粹在被殺之前「如廁」，在廁所裡就曾看見「物若兩眼」，東晉權臣庾翼病死前「如廁」，也曾看見「一物如方相」，而東晉名臣陶侃如廁時則曾「見一人朱衣介幘」。所謂「人」，所謂「物」，其實並不是真正的人或什麼東西，而是一般所說的「鬼神」，例如，根據《異苑》的記載，陶侃如廁時所碰到的就是「廁神」，而所謂「一物如方相」、「物若兩眼」，恐怕也都是指「廁神」而言，因為由東漢時代洛陽卜千秋墓室的壁畫看來，「方相」的造型正是一隻「豬頭大眼」的怪獸，而《太平廣記》記載廁神的形像，也是「形如大豬」（卷三三三「刁緬」），可見卞粹和庾翼所看見的怪物很可能就是傳說中的廁神，而廁神的造型所以會是「豬形」，和前面所說的「溷廁合一」的廁所形式應該有密切的關連。由此可以知道，廁所有時候還是

一個會使人「活見鬼」的地方。

　　也許就因為廁所是這樣一個充滿危險和驚恐的地方，所以，佛家言「有屎尿」乃人之大病，可真是絲毫不誤。有的小說家或許也是有感於此，所以就異想天開的虛構出一種能代人「拉屎拉尿」的人，有了這樣的人，不想或不敢「如廁」的人，就可找人替代了。但這恐怕只是筆記小說裡的一則傳奇罷了，在現實的人生裡，無論是帝王將相還是販夫走卒，只要是人，恐怕都得乖乖的親自去上廁所，去嘗試「如廁」時的種種驚恐。

《墨子》中說城中每五十步就要設一公共廁所

　　無論廁所裡會有多少令人驚恐的事，只要人需要排泄屎尿又要講求「禮節」（或「衛生」），還是需要建造廁所。尤其在城市裡，人口比較密集，熙熙攘攘之際，隨意便溺，不僅不雅，恐怕還會引發人與人之間的衝突，而城市的空間狹小，是否允許家家戶戶建造自己專用的廁所也大有問題，所以，在城市中興建公共廁所便不可免。例如在《墨子》〈備城門〉、〈旗幟〉、〈號令〉三篇中，提到許多有關守城的措施裡就有於城上、城下、道旁每五十步置一廁的規定，而且還規定上廁所應守的規矩（如不可操持兵器，不可嘩噪爭擁等），以及利用犯了小過錯的士兵和百姓來清理、清掃公廁的辦法。此外，在《荀子·王制篇》中，也提到「治市」之官的職掌之一是負責廁所的清理工作，這種市官所管理的應該就是公共廁所。這雖然只是荀子和墨家學者的一種「議論」，但是，衡

諸人情，在城市裡建造公共廁所，照說應該也是當時的一種
實況，至少，荀、墨的議論也說明了在城居生活中建造公共
廁所的重要性。

　　也就因為「公共廁所」有它存在的價值和必要，所以，
佛家就把建造廁所供人使用當做是一種大功德，例如在《佛
說諸德福田經》裡所提到的廣施「七法」（七種善行、功德），
其第七法便是「造作圊廁施便利處」。佛家會想出要建造這樣
的一種設施，真可說得上是善體人意。

郭璞光著身子、披頭散髮、口中銜刀上廁所

　　任何一種場所，通常都不會只有一種功能，而不同的人
也會讓它發揮出不同的功能，廁所也是如此。

　　廁所最基本的功能當然是做為排泄屎尿之用，但前面所
提過的豫讓、貫高和孫慮則把廁所當做是一個「殺人」的場
所。此外，西漢呂后則把廁所當做安放「情敵」的地方，《史
記》記載說：

> 高祖十二年（前195）四月甲寅，崩。……呂后最怨
> 戚夫人及其子趙王，……遂斷戚夫人手足、去眼、煇
> 耳、飲瘖藥、使居廁中，命曰「人彘」。

呂后所以會幹下這樁酷毒無比的事，主要是因為劉邦在世時，
戚夫人和她的兒子趙王如意相當得寵，差點奪了呂后和惠帝
母子的地位，因此一等劉邦過世，便迫不及待的施加報復，

而廁所就成為她凌辱情敵的最佳場所。

　　再者，晉代的郭璞似乎也不把「廁所」當做純粹的廁所來使用。據說，桓彝有一次喝醉了酒去拜訪郭璞，剛好碰到郭璞在上廁所，桓彝一時興起，便前去偷窺，這一看，只見他「躶身被髮，銜刀設醊」，也不知是在作法還是在修煉法術。此外，西晉初年的諸葛靚為了避免和晉武帝碰面而躲進廁所，西元前 480 年，衛人孔伯姬和太子蒯聵逼迫專政大夫孔悝在廁所裡結盟，也都很顯然的讓廁所發揮了「糞坑」之外的功能。

頭髮的象徵意義

　　頭髮在人體的器官中，除了禦寒之外，幾乎沒有其他功用，而這種功用，簡單的一頂帽子即可替代，所以，這樣說來，頭髮似乎沒有任何重要性可言。但是，在傳統中國社會，情形並不是如此，例如《孝經・開宗明義章》便說：「身體髮膚，受之父母，不敢毀傷，孝之始也。」依這段話來說，若是毀傷了頭髮（和身體），就是「不孝」，而一個「不孝」的人，在中國傳統社會常會被認為連禽獸都不如，由此可見，頭髮在中國傳統社會中似乎具有某些相當重要的象徵意義。然則，這樣一種近乎無用的東西，對中國人而言究竟具有什麼樣的意義呢？

文明的象徵

　　孔夫子在讚美管仲的功業時曾說：「管仲相桓公，霸諸侯，一匡天下，民到于今受其賜，微管仲，吾其被髮左衽

矣！」《論語‧憲問》這段話主要是說，若沒有管仲輔佐齊桓公，統領華夏民族抵禦戎狄的入侵，則中原「束髮戴冠」的民族將一變而為「被髮左衽」的蠻族。由此可見，最晚到了春秋時代，「髮式」已成為區分民族的重要依據，而在當時，總髮（束髮為髻）的華夏民族常自認為是文明有禮之民，視「被髮左衽」的戎狄和「斷髮文身」的吳越民族為野蠻的化外之民。自此之後，這種觀念便縱貫中國歷史二千餘年而不變。

　　以髮式做為文明或野蠻的判準，雖然是一種相當主觀的偏差觀念，但是，髮式的不同，有時的確能顯示民族與民族間的差異。例如，根據李思純先生的研究，在中國境內及其邊界的民族，可以依據髮式的不同分成三類六型：第一類是「總髮的民族」，分成「結髮為髻」和「編髮為辮」兩型；第二類是「剃髮的民族」，分成「全剃」（像僧侶一樣剃光全部頭髮）、「半剃」（剃去頭顱四周而留顱後髮做辮）、「截短」（截斷全部頭髮而留短寸餘，有如現在的二分頭、三分頭）三型；第三類是「披髮的民族」，亦即留全髮在頭，垂覆肩背，既不結髻編髮，又不剪短。在一般的情形下，各個民族都能保有其特有的髮式類型，做為其民族的標識。

　　就因為髮式常是一個民族的標識，所以，在民族與民族之間發生征服性戰爭時，髮式的差異常會成為一個極為敏感的問題。例如，宋金對峙期間，女真民族在其所征服的領域之內，便曾下令宋人（漢族）按照女真的習俗「剃髮」，敢不遵從者立即處斬。又如，清人於崇禎十七年 (1644) 五月初三進入北京，隔天即下令漢人剃髮，翌年 (1645) 下江南，又下

「剃髮令」，限十日之內剃畢，並宣稱「留頭不留髮，留髮不留頭」，嘉定、江陰二城便因拒絕接受此令，在被攻陷之後，數十萬人幾乎被屠殺淨盡。

女真人所以要征服的漢人剃髮，主要是為了摧毀漢人原本的民族、文化認同，藉由髮式的統一而混同其統治下的異民族。而漢人所以會有抗拒行動，主要也就因為在其觀念裡，漢人的傳統髮式本身就是一種文明、尊貴的象徵，髮式一變即沈淪為夷狄野蠻之民，所以即使攸關生命的安危存亡，也不肯輕易屈從。到了後來，太平天國的徒眾，所以會刻意「蓄髮」而被稱為「髮匪」（或「長毛」），其用意便在藉髮式的不同彰示其為一場「民族革命」。此外，孫中山先生所以要剪斷自己的辮髮，中華民國政府成立之後，所以要人民解開辮子、不再半剃頭顱，可說都意識到髮式做為一種民族、文化象徵的重要性。當然，對傳統的中國人而言，束髮戴冠更是一種「文明」的象徵。

禮教的象徵

束髮戴冠既為漢民族的主要標幟，因此，在清代以前的中國傳統社會中，一個「正常人」應守的禮教就是要整理紮束他自己的頭髮，根據《禮記・內則》的記載，「子事父母，婦事舅姑」之道，都是「雞初鳴，咸盥漱，櫛縰、笄總」，這也就是說，為人子女、媳婦者，奉侍父母、公婆，晨起的第一件事便是盥洗臉面，並且得梳理收束頭髮。由此可見，在中國傳統社會中，束髮（總髮）的髮式不啻是一種禮教的象

徵，所以，凡是不妝扮這種髮式的人，基本上都會被認為是不守禮教的「異常人」，而這種異常人，除了異族之外，主要就是僧尼、囚徒、奴隸和瘋子。

也許是因為束髮為髻的髮式在傳統中國社會已成為禮教秩序的象徵，所以，凡是企圖超脫禮教束縛，或是自命放達不羈的人，大都會以「披髮」宣示其內在世界，例如，箕子便因商紂王淫佚昏亂，進諫無效，悲憤之餘「披髮佯狂而為奴」（《史記·宋微子世家》）。又如，忠而被黜的屈原，在被放逐之後，鬱鬱不樂，也是「披髮行吟澤畔」（《史記·屈原賈生列傳》）。而魏晉名士，如阮籍、阮孚、謝鯤、桓彝者流，更常「散髮」、「蓬髮」，甚至裸裎酗酒作樂，以示其「解放」、「自然」（《晉書》卷四九）。由此可知，頭髮的收束或放散，在傳統中國社會中，有時候可以做為「名教」或「自然」的表徵。

尊嚴的象徵

秦代的法律規定，凡是在互鬥時拔劍斬斷他人髮髻者，論「完城旦」，也就是判四或五年的勞役徒刑，論罪可說極重，幾乎不亞於殺傷人的肢體。所以會如此，除了因為頭髮（束髮）在古代中國人的觀念裡即象徵文明和禮教之外，更因為頭髮的有無往往是身分地位的表徵。在佛教傳進中國之前，中國社會中只有奴隸和罪犯會截斷頭髮，例如漢代大俠季布在被賣為家僮之前，即先被剃光頭髮以示其賤（《史記·季布欒布列傳》），而剃髮（「髡」）更在漢孝文帝十三年（前

167）正式成為一種刑罰的名稱（《漢書・刑法志》）。所以，凡是頭髮不全的人，若不是奴隸就是刑徒，在這種情形下，頭髮便成為一個人「身分」的象徵，代表了一個人的貴或賤、善或惡。換句話說，頭髮代表了一個人的尊嚴，不容他人任意毀傷，儒家所以會強調「身體髮膚，不敢毀傷」為孝道的起始，可說即因緣於這樣的一種社會情境。

由以上的討論可以知道，在傳統中國觀念裡，頭髮至少象徵著文明、禮教和尊嚴，不能輕易毀傷和放散。而由頭髮所具有的這些象徵功用來看，一樣東西的有用無用，的確是因時、因地、因人而異。

披髮的人

　　頭髮的長短和多寡，對於現代人而言，除了關乎美醜之外，幾乎別無作用，也毫無討論的價值，絲毫不引人注意，但是秦代的法律卻規定：凡是在互鬥時拔劍斬斷他人髮髻者，論「完城旦」（即四年或五年的勞役徒刑）。由此可見，頭髮（髮髻）在當時人的觀念裡是何等重要。而當時人所以會有這種觀念，主要是因為自從春秋戰國以來，「總髮為髻」已成為中原地區華夏之族的民族髮式，而且也成為「文明」與「禮教」的象徵。

　　雖然，中國傳統社會相當重視「髮髻」的有無，但是，還是有一些人並不總髮為髻，例如《清異錄》所說的「十樣佛」（一僧、二尼、三老翁、四小兒、五優伶、六角觗、七泅魚漢、八打狐人、九禿瘡、十酒禿），便都是「禿首」之人，自然無法結髮為髻，而古代的奴隸、罪犯也常常被剃掉或截斷頭髮，也是沒有髮髻的人，這都是無可奈何的。然而，除此之外，還有一種人，並非沒有頭髮，而是不將頭髮總束成

髻，這種人就是所謂的「被（披）髮」之人。

　　在中國古代社會裡，會經年累月「披頭散髮」的人，除了「異族」（或在異族統治、影響之下者）之外，大概只有所謂的「狂者」（無論是真狂還是佯狂）和巫祝之類的「術士」，前者所以會披頭散髮比較容易被理解，後者則頗費人思量，值得仔細探究。

　　有關術士「披髮」的記載，在傳統文獻中並不多見，唯《漢書・息夫躬傳》記載了息夫躬曾於夜間「被髮，立中庭，向北斗，持匕招指祝盜」之事。這種法術便是當時所謂的「祝盜方」，可見一般術士在施行法術時，可能是披頭散髮的。而比較明確的例子則有東漢時代的樊英（《樊英別傳》）和晉代的郭璞（《晉書・郭璞列傳》），他們都有「被髮」施行法術的行事紀錄。

　　然則，對於術士在施行法術時何以要「披髮」，這些典籍卻沒有任何解說，幸好在新出土的材料裡有著相關的記載，提供了解答。例如，在 1975 年出土的睡虎地秦簡《日書》中，便記載了兩條有關禳除惡夢的咒術，其中對施術者的要求之一便是要「繹髮」，也就是散髮或披髮。此外，另有一條記載是說：「人行而鬼當道以立，解髮奮以過之，則已矣！」這一條記載明確的傳達出鬼怕披髮之人的觀念。而在晉代干寶的《搜神記》中也記載了一則與此相類的故事，大意是說：秦時的武都故道有一座怒特祠，祠上有一棵梓樹，秦文公二十七年（前 739）的時候曾派遣士兵去伐樹，卻無法砍斷樹幹。有一天，有一個士兵在樹下休息時，無意間聽到了鬼和樹神之間的一段對話，知道想要砍斷梓樹必須「使三百人，

被髮，以朱絲繞樹，赭衣，灰坌」以伐之，秦文公於是令人照此方法去做，果然砍斷了梓樹，而樹神便化為一隻青牛。秦文公又命令騎兵擊之，但始終無法獲勝。後來，有一名騎兵不小心墮地而「髻解被髮」，青牛一看大為恐畏，於是遁入水中不敢復出，秦人也因而設有「髦頭騎」。由這個故事可以知道，「披髮」被認為有辟禳鬼神的作用。術士在施行法術時所以要披頭散髮，其用意恐怕就是要用來畏怖鬼神，強化其符令咒語對鬼神的禁制和驅使的力量。

這種以「披髮」之人來畏怖、驅使鬼神的觀念和行事究竟起源於何時，很難考定，不過，就目前最可靠的證據《日書》來說，至少可推溯至戰國晚期（西元前三世紀前半葉）的秦國，而假如《搜神記》的記載確實可信，則可往前推溯到秦文公時代（前 765～前 716），此外，若《呂氏春秋·順民》所載有關湯「剪髮」以祈雨的故事屬實，則更可推溯到殷商時期。就目前所能看到的資料而言，其起源於殷─秦這一系的文化傳統應該沒什麼問題。

由以上的探討，我們可以知道，「披髮」之人在中國古代社會中的確是一種「異人」，一種「非常人」。但是，其所以如此，並非真的是突兀可怪。例如「術士」之披髮，便是基源於咒術信仰。此外，由此事我們也可以知道，人類的一些行事，即使在今天看起來是多麼微不足道，多麼不足為怪，在另一個時空裡，卻可能非常重要，而且具有非常豐富的意義，不能以今人的觀念隨意批評，否則，許多過往的人類經驗和心靈狀態，對我們而言，便永遠是一團迷霧，或是一些笑料，而我們也將只能活在自己狹小而封閉的世界裡。

頭髮與疾病

晉平公觴客，少庶子進炙而髮繞之，平公趣殺炮人，
毋有反令。

這是《韓非子‧內儲說》所記載的一則「故事」，既是故
事，當然有真有假，但無論真假，這個故事都值得一談。試
想，倘若這故事是真的，那麼，除非晉平公是一個極為暴虐
的君主，否則，他的震怒一定有他的道理。而如果這個故事
是假的，那麼，除非編造故事的人根本就不想讓別人相信，
否則，這樣的內容一定有它令人信服的道理，因為，只為了
一塊纏著髮絲的「燒肉」（炙）而要殺人，畢竟不是一件很平
常、很能令人相信的事。而且，類似的故事還不止這一樁，
例如在唐代李亢的《獨異志》中便記載了一則漢代的「故事」
說：「陳正為太官，進炙，有髮貫炙，光武令斬正。」東漢光
武帝在歷史上的形象並不是一個暴虐的君主，那麼，為什麼
他對帶有髮絲的燒肉也會如此厭惡？或被編故事的人認為會

如此厭惡呢？我想：其中的關鍵應該是在「頭髮」。或許有人會問：即使吃了頭髮又會如何呢？為什麼會氣得要殺人呢？就今人的觀念來說，這當然是說不通的，但古人卻不是這麼想。

古人以為，頭髮是不能隨便吃的，否則會得病，例如南朝劉敬叔所撰的《異苑》中便記載了一則故事說：

> 有人誤吞髮便得病，但欲咽豬脂，張口時見喉中有一頭出受膏，乃取小鈎為餌而引得一物，長三尺餘，其形似蛇而悉是豬脂，懸於屋間，旬日融盡，唯髮在焉。

這個故事「神奇」得有點讓人不敢置信，不過，從這個故事我們可以知道，古人的確有吞食頭髮會致病的觀念。此外，歐陽修《新唐書·方技列傳》也記載了一則唐初名醫甄立言的故事說：

> 有道人心腹懣煩彌二歲，（立言）診曰：「腹有蠱，誤食髮而然。」令餌雄黃一劑，少選，吐一蛇如拇，無目，燒之有髮氣，乃愈。

這個「病例」也說明古人確有吞食頭髮會致病的觀念，這種觀念一直到明代李時珍所撰的不朽藥典《本草綱目》中還見於記載，可見這不是一時一人的特殊「見解」。

明白了古人有這種吞食頭髮會致病的觀念，對於前面所說的有關晉平公和光武帝的兩則故事，自然也就不會令人覺

得太不可思議了。不過，古人同時也相信：只要把頭髮燒成
灰，吃下去，不但不會得病，而且還能治病，例如在新出土
的西漢帛書《五十二病方》中，便記載了一則將「白雞毛」、
「人髮」、「百草末」燒成灰，混在溫酒中飲用，以治療「諸
傷」（各種金刀、竹木、跌打等破傷）的「藥方」。此外，用
「髮灰」來治療小兒驚癇、黃疸、傷寒、婦人病、疔腫惡
瘡……種種疾病，在歷代醫書藥典中也是常見的醫療措施。
可見，古人不但相信吃了頭髮會生病，而且也相信吃了髮灰
能癒病。

　　然而，在古人的觀念裡，頭髮又何以既能令人生病又能
令人癒病呢？對於這個問題，由於資料不多，我們很難知道
古人究竟是如何想的，不過，就若干零碎的材料來看，我認
為其中最主要的關鍵是：在古人的觀念裡頭髮乃是一種具有
「神性」的東西。例如唐代段成式的《酉陽雜俎》一書中便
記載道：「髮神曰元華。」髮而言「神」，可見在古人的觀念
裡頭髮已被神化。而這種認為頭髮具有神性的觀念，無論是
在筆記小說裡還是在正史、醫書裡，都可找到例證。例如：
在《異苑》中便記載有「髻妖」作怪的故事，而《酉陽雜俎》
中也記載有以「生人髮」掛在果樹上以辟止烏鳥啄食果實的
「道術」，此外，《感應類從志》也記載有將婦人的頭髮埋在
竈前，使其「安於夫家」的「法術」，這都是筆記小說中的材
料。至於正史的材料，如《新唐書・顏杲卿傳》便記載說：

　　　　初，杲卿被殺，徇首于衢，莫敢收，有張湊者，得其
　　　髮，持謁上皇，是夕見夢，帝寤，為祭。後湊歸髮于

其妻，妻疑之，髮若動云。

這樣的頭髮非神為何？而醫書所載，則可見於李時珍《本草綱目》所引韓保升、李當之、陳藏器等諸家的說法，諸家或言人髮能「變為鱓魚」，或言將逃亡者的頭髮放在「緯車上，卻轉之」，便能使逃亡者「迷亂不知所適」……，而都歸結說頭髮有「神化之異」，這是醫家的說法。也許就因為頭髮在古人的觀念裡具有這種神奇的能力和神祕的色彩，所以他們會認為：頭髮既能令人致病又能令人癒病，例如李時珍就說：

髮者血之餘，埋之土中，千年不朽，煎之至枯，復有液出。誤食入腹，變為癥蟲；煆治服餌，令髮不白，此正神化之應驗也。

我想，李時珍的這段話恰可用來做為本文的總結。

中國歷史最悲慘的一頁——吃人肉

　　中國人吃人的經驗可能是世界上最豐富的。從先秦以降，歷代史書無不載有「人相食」的情事，雖然大多言簡意賅，但也足以證明中國擁有相當悠久的「吃人」傳統。由於中國有如此悠久的吃人傳統，再加上相當卓越的烹飪技巧，所以，對於吃人肉的「方法」也就特別講究，不信的話，請看陶宗儀的《輟耕錄》是怎麼寫的：

> 天下兵甲方殷，而淮右之軍嗜食人，以小兒為上，婦女次之，男子又次之。或使坐兩缸間，外逼以火；或於鐵架上生炙；或縛其手足，先用沸湯澆潑，卻以竹帚刷去苦皮；或乘夾袋中，入巨鍋活煮；或刲作事件而淹（醃）之；或男子則止斷其雙腿，婦女則特剜其兩乳。酷毒萬狀，不可具言，總名曰想肉，以為食之而使人想之也。

這一條筆記的標題就叫做「想肉」。假如我們不是「人」，看
了這樣一段或煮或烤或煎或醃，或腿肉或乳肉的「烹飪」記
事，可能也會「食指大動」，也會「想肉」吧？可是，同為人
類，看到「人」這樣講究地在「吃人」，大概只會「想吐」。
也許有人會問：這些人為什麼這麼殘忍？為什麼不吃點別的
東西而偏偏要吃人？這會不會只是陶宗儀捏造的故事呢？要
回答這些問題，我想必須回到當時的歷史情境中去談。

　　陶宗儀是西元十四世紀的人，剛好處於元、明兩朝交替，
天下變革之際。前面所引的「想肉」一文的內容，就是他親
身目睹或耳聞的當世之事。文中的「淮右之軍」可能是元末
群雄並起時的「革命團體」之一，但也有可能是元朝駐守在
淮右一帶的政府軍，無論如何，這樣的一支軍隊「吃人」應
該不是件不可能的事，因為，這不僅僅是個戰亂的時代，還
是個饑荒的時代。根據《元史‧順帝本紀》的記載，在蒙古
入主中國的最後一個皇帝元順帝在位的三十七年間 (1333～
1369)，總共有二十四年發生旱災，有二十三年發生水災，除
此之外，黃河下游氾濫成災，各地疾疫流行和發生蝗災的情
形也頗為嚴重，在這種情形下，「饑荒」總是免不了的，《明
史‧太祖本紀》就有這樣的記載：

> 至正四年 (1342)，旱蝗，大饑疫。太祖時年十七，父
> 母兄相繼歿，貧不克葬。里人劉繼祖與之地，乃克葬，
> 即鳳陽陵也。太祖孤無所依，乃入皇覺寺為僧。逾月，
> 遊食合肥。

由這段記載可以知道，朱元璋所以會去當和尚，所以會離開家鄉去「遊食」（其實是「乞食」），最後並且加入當時的「革命團體」去打天下，可說都是迫於「饑餓」。《新元史》的作者說：「元之亡，亡於饑饉盜賊。」由朱元璋的例子來說，可說相當貼切。在當時那種嚴重的饑荒侵襲下，連「叛亂」尚且不懼，吃吃人肉又有何可怖？事實上，在元順帝之前，元代社會早就爆發了大規模的「吃人」事件，例如，編成於明朝萬曆年間 (1573～1619) 的一本地方志──《河間府志》，對元代的情形便有這樣的記載：

> 至元十九年 (1282)，大都、燕南、燕北、河間、山東、河南六十餘處皆蝗，食苗稼草木俱盡。所至蔽日，礙人馬，不能行，填坑塹皆盈。饑民捕蝗以食，或曝乾而積之，又盡，則人相食。

由這一段記載看來，古人對「人肉」其實並沒有特殊的嗜好，但是，等到天地間一無所剩，而只充斥著過多的「人肉」時，基於生存意志的激迫，「吃人」雖然殘忍，雖然悲哀，也只好吃了，因為人不吃人，便只有全體死絕滅絕。在這種情形下，「吃人」的人其實很值得同情，所以，陶宗儀也說：

> 嗟夫！食人之肉，人亦食其肉，此兵革間之流慘耳。君子所不願聞者！

如果所有「吃人」的情事都是因饑荒而產生，那麼，回顧這樣的一個「吃人」傳統，我們除了哀傷之外，便很難再多置一詞。

但是，有時候「吃人」的事卻不是「饑餓」一語所能解釋，例如三國時代吳國的將領高灃即「嗜殺人而飲血，日暮，必於宅前後掠行人而食之」。又如唐代節度使張茂昭也「頻喫人肉」，並且頗有心得的說人肉的滋味乃「腥而且臊」。再如五代時候的一位將領趙思綰則「好食人肝」，在長安城時，因軍隊缺糧，便「取婦女幼稚為軍糧，每犒軍，輒屠數百人」。而當時的另一位「將軍」萇從蕑也「好食人肉，所至多潛捕民間小兒以食之」。另如北宋初年的一位「軍官」王繼勳，雖貴為后妃之弟，卻殘暴異常，「強市民間子弟，以備給使，小不如意，即殺而食之」。……類似這樣的情事，在每個朝代的史書和典籍中幾乎都有記載。這些「武人」的吃人動機顯然不能用「饑餓」來解釋，因為他們的權位應足以讓他們免於挨餓。然而，我們是不是就可以說他們「生性殘酷」呢？是不是就可以像陶宗儀一樣激憤的說這些人是「雖人類而無人性者」？也許可以吧！但除了這樣的譴責之外，我們似乎應該再思索一下，是怎樣的一種情境令他們變得如此「無人性」呢？

「民族英雄」岳飛曾寫過一闋至今仍為人吟唱不已的〈滿江紅〉，其中兩句寫的就是「壯志飢餐胡虜肉，笑談渴飲匈奴血」，「胡虜」是人，「匈奴」也是人，即使是漢人的「敵人」也仍是「人」，所以岳武穆也想「吃人肉、飲人血」。喜歡替「偉人」辯護的人也許會說：這只是在抒發悲憤和怨仇的情

緒，不能當真。這樣的說法我只同意一半，也就是說：我相信岳武穆應該不會真的去吃「金人」的肉、喝「金人」的血。但是，讓他的軍隊去吃敵人的肉，喝敵人的血則不是一件不可能的事，因為宋人莊季裕的《雞肋編》便曾記載了當時的情形，他說：

> 自靖康丙午歲，金狄亂華，盜賊官兵以至居民，更互相食，全軀暴以為臘。

這條記載明確的指出岳武穆的時代「人吃人」和「曬人乾」（按：臘即肉乾）是普遍的情形。盜賊、官兵和居民間會「更互相食」，敵我之間有那麼大的「仇恨」，彼此互相「飲食」的情事應該並不稀奇。

舉出岳飛的〈滿江紅〉和宋、金對抗時的「吃人」情事，並不是想藉此侮辱「武聖」岳武穆，而是要指出〈滿江紅〉裡的「壯志飢餐胡虜肉，笑談渴飲匈奴血」，其實和常語所說的：「恨不得吃他的肉，喝他的血」意思是一樣的，都是在「仇恨」的壓逼下所說的「非理性」的話。連這樣一位被視為「英雄」、「聖人」的岳武穆，都免不了會受「戰爭」的影響而喪失理性，講出「非人性」的話，前述所引的一般「武夫」，在干戈紛擾、兵革不休的時代裡，有那種「非人性」的「吃人」行徑，其實並不是不可理解，因為戰爭的確會使人瘋狂。

由以上所說的「吃人」情事來看，我們也許可以說：戰爭真正可怕的地方並不在於屠戮生命，而在於摧殘人性。

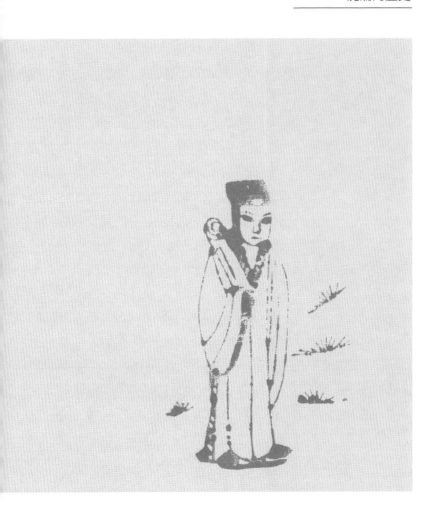

當書與賣書——一個書生的悲哀

　　要賣書給一個讀書人是件很容易的事。

　　要向一個讀書人借書也不是件很難的事。

　　但是，要一個讀書人把他的藏書拿去典賣，可就是一件相當困難的事了。而清代偏偏就有那麼一個屢屢典賣書籍的讀書人，他就是當時著名的學者全祖望。

　　全祖望第一次當書是在他三十歲那年，在他的弟子董秉純替他編寫的《年譜》中有這樣的記載：

　　　　（雍正）十二年甲寅 (1734)，先生三十歲，續娶曹孺
　　　　人於京師。移寓藤軒之東，長安米貴，以行篋書二萬
　　　　卷質於仁和黃監倉。

　　這一年是他喪妻、喪女之後的第二年，當時新娶曹氏，而功名未就，流落京師，在物價騰踊、生活艱苦之際，只好將他的二萬卷書拿去質押，以換取糧米，度過難關。

乾隆元年 (1736)，全祖望三十二歲，中了進士，生活的境況有了改善的機會，似乎從此可免「當書」之苦，但是，由於他個性過於鯁直，再加上才高遭嫉，到了乾隆二年 (1737)，立即被貶黜外放，從此之後便永淪貧困之境，董秉純這樣寫道：

> 先生至辛酉（乾隆六年）以後極貧，饔飧或至不給，仲冬尚衣袷衣，賴維揚詩社歲上庖廩，然典琴書，數券齒，日皇皇也。

其實用「饑寒交迫」四個字便足以形容全祖望一家當時的苦楚了。試想：一個讀書人連琴書都典當了，還能剩下什麼？還能擁有什麼呢？也就在這種處境之下，有人問他何以執意不肯重返仕途，全祖望因而寫下這樣的詩篇：

> 野人家住鄞江上，但見山清而水寒，一行作吏少佳趣，十年讀書多古歡，也識敵貧如敵寇，其奈愛睡不愛官，況復頭顱早須白，那堪逐隊爭金爛？

從詩中可以知道，全祖望並不是不懂得貧窮的滋味，只是為了保有自己情性中最後的純淨與歡悅，所以寧可「敵貧如敵寇」，寧可靠教書、典當琴書過活，也不肯再踏入仕途，這是一個讀書人的執著，任何力量也改變不了。可是，做為一個人，他仍然得在世俗的網絡中生活，仍無法免於生老病死的自然歷程，《年譜》中載說：

> （乾隆）二十年乙亥 (1755)，先生五十一歲，……病
> 日甚，曹孺人含淚欲進參，而無力，純（即董秉純）
> 乃以耆舊詩稿質之有力者，得參半兩，進之。

　　這是他病終前的情境。到了這個時候，貧厄之神仍不放過他，連半兩的人參都必須靠典當詩稿才買得起，人生之慘又有何過於此呢？而其實更慘的是他死後的情形。

　　全祖望死於他五十一歲那年的七月二日，據《年譜》記載，他死後，人家所饋贈的賻金，「僅足償參苓及附身之費」，「而葬具未備，不得已盡出所藏書萬餘卷，歸之盧鎬族人，得白金二百金」，故而拖到了十一月，才得以「治喪禮」。為了他的喪事，他一生所典賣未完的書也終於典賣完了，全祖望若地下有知，不知會如何的悲慟？

　　類似全祖望這樣典賣書籍的故事，在今天恐怕不太容易再有了，一則是因為：現在的當舖，除非是善本書，否則大概不肯接受人家「當書」了，而舊書攤收購書本又都是論斤論兩的，有誰能靠「賣書」過活呢？二則是因為：現在很少讀書人像全祖望那麼傻，笨到寧肯「敵貧如敵寇」，寧可典當書籍、貧困度日，也不肯去當官食祿。

　　類似這樣的故事恐怕不容易再有了，然而，不知道該為此感到高興還是難過！

知識與金錢

定義之一

　　士病不明經術，經術苟明，其取青紫如俯拾地芥耳。

　　這是漢代學者夏侯勝所說的話。他的意思是說：你只要有廣博的知識，你就不用擔心沒有富貴。

定義之二

　　我寫作是為了我自己，把寫好的付印，是為了金錢。

　　這是俄國作家普希金所說的話。他更赤裸裸的指出：知識可以用來賣錢。

定義之三

> 夫道成於學而藏於書，學進於振而廢於窮。是故董仲
> 舒終身不問家事，景君明終年不出戶庭，得銳精其學
> 而顯昭其業者，家富也。

這是漢代王符所說的話。他的意思是說：知識需要用錢
來買。他還舉漢代的大學者董仲舒和景君明（即京房）為例，
說他們所以能夠有那麼淵博的知識主要是因為家裡有錢。

定義之四

> 錢之所祐，吉無不利，何必讀書，然後富貴。

這是晉代魯褒在他那篇著名的〈錢神論〉裡所說的話。
他的意思是說：既然用錢買知識是要用來換取富貴，那不如
直接用錢來買富貴。

定義之五

> 出見盛麗紛華而說（悅），入聞夫子之道而樂，二者心
> 戰，未能自決！

據司馬遷說，這是孔子的高徒子夏所說的。他的意思是

說：去賺錢以享榮華富貴是件挺誘惑人的事，但留在孔夫子身邊聽他講道，增長知識，也是件頗為快活的事，真教人不知如何是好。

定義之六

　　十八元買桓寬的《鹽鐵論》，三十六元買董仲舒的《春秋繁露》，四十五元買鄭玄注的《周禮》，七十二元買朱熹的《詩集傳》，快哉！

　　這是我說的。我的意思是說：知識原來可以賤價拋售。

定義之外

　　以上所說，純屬「斷章取義」，戲耍之言，絕無厚誣古人、薄嘲今人之意，萬勿以「知識」或「金錢」的角度來讀本文。

會任之家——東漢的職業殺手

　　凡是讀過古龍武俠小說的人都會知道，江湖中有職業殺手結合而成的集團，而生活在臺灣的人，只要稍稍留意一下社會新聞，也能隱隱約約的感覺到這種集團的存在。事實上，這種集團並不是出自小說家的虛構，也不是今日臺灣社會特有的產物，早在東漢之時，王符在他的《潛夫論》中便有這樣的記載：

> 洛陽至有主諧合殺人者，謂之會任之家。受人十萬，謝客數千，又重餽部吏，吏與通姦，利入深重，幡黨盤牙，請至貴戚寵臣，說聽於上，謁行於下。是故雖嚴令尹終不能破壞斷絕。

所謂「會任之家」，用現代的語言來說，就是以殺人為職業的暴力團體。這種集團的存在，在今日看來似乎不足為奇，但若細加思量，則又不然。因為，「殺人者死」幾乎是每個人類

社群的鐵則，沒有任何一個已知的人類社群曾容許或鼓勵其成員互相仇殺，雖然有時候也使用暴力，但那主要是用來對付「異己」的群體，而即使是這種對外的「戰爭」行為，也常會遭受譴責，故而，在我們所知的種種人類律法中，「殺人」幾乎都是最大的「罪惡」。所以，距今大約二千年的東漢社會，在他們的都城裡，「殺人者」竟然可以不死，而且還是一種專門職業，甚至還能結集成龐大的犯罪集團，實在是一件很不尋常的事。面對這樣的一個歷史現象，我們必須尋思：他們為什麼能存在？他們為什麼要殺人呢？

首先，讓我們來看看那是個什麼樣的時代。記載這件時事的王符，生於和帝初年 (90)，歷經殤帝、安帝、少帝、順帝、沖帝、質帝六朝，而死於桓帝末年 （大約是西元 165 年），這七十年左右的時間，正是東漢政治秩序逐漸紊亂、社會益趨動盪、刑法隳弛、吏治敗壞、邊患頻仍的一個時期。而所有動亂的癥結所在就是「宦官之禍」，這也是宦官集團在中國歷史舞臺上首度嶄露頭角的一個時期。清人趙翼在他的《廿二史箚記》中列有「東漢宦官」一條，相當精簡的描述了這種現象，他寫道：

> 光武中興，悉用奄人，不復參用士流。和帝踐阼幼弱，竇憲兄弟（外戚）專權，隔限內外，群臣無由得接，乃獨與宦者鄭眾，定謀收憲，宦官有權自此始。……和帝崩，鄧后臨朝，不得不用奄寺，其權漸重。（案：其後外戚與宦官循替專政，交互攻殺，直到東漢王朝結束才告終止。）……當其始，人主視之，不過供使

令效趨走而已，而豈知其禍乃至此極哉！

這裡，趙翼所提到的是宦官掌權的源始和其原因。至於東漢宦官的「惡行」，晉人范曄的《後漢書》有這樣的記載：

> 其後四侯轉橫，天下為之語曰：「左回天，具獨坐，徐臥虎，唐兩墮。」皆競起第宅，樓觀壯麗，窮極伎巧。……多取良人美女以為姬妾，皆珍飾華侈，擬則宮人。……兄弟姻戚皆宰州臨郡，辜較百姓，與盜賊無異。

文中的四侯是指桓帝時得寵的宦者：左悺、具瑗、徐璜、唐衡四人，他們是因為和皇帝結盟，聯手誅除專政的外戚而同日封侯。除了這四名不能「人道」又要「取良人美女以為姬妾」的宦者之外，另一位叫侯覽的更是赫赫有名，范曄寫道：

> 侯覽者，山東防城人。……以佞猾進，倚勢貪放，受納貨遺以巨萬計。……覽兄參，為益州刺史，民有豐富者，輒誣以大逆，皆誅滅之，沒入財物，前後累億計。……覽貪侈奢縱，前後請奪人宅三百八十一所，田百一十八頃。起立第宅十有六區，……又豫作壽冢，……破人居室，發掘墳墓。虜奪良人，妻略婦子。

這一份「犯罪清單」夠驚人吧！殘餘貪酷之人與專制權力結合所造成的結果，往往就是這種「盜賊」一樣的行為。

在這種情境之下，倘若那時候的中國百姓真的都是無知

無識的「順民」，那麼，宦官集團也許就可以為所欲為了。偏偏東漢時代還有許許多多有良知、有血性的讀書人，也有一些任意孤行的英雄好漢。他們除了寫奏章為民請命，創製歌謠譏諷宦者之外，還利用他們的權位誅殺那些落單的、下野的、倒楣的宦者，甚至還向那些最高的掌權者挑戰，而結果就是爆發了名垂千古的兩次「黨錮之禍」。這兩次的「黨錮」從此像利劍一樣狠狠的插在中國每個時代的知識分子心坎上，永遠都令人隱隱作痛。

　　當我們對東漢中晚期的歷史情境有了以上的認識之後，對於殺人集團的存在也許就不會覺得有什麼奇怪了，因為當時的確有這樣的「需求」。

　　當時，宦官集團對他們所憎恨的大臣和結集在京師洛陽的太學生，並不能全都合法的利用政治權力加以處決，所以，利用金錢和權勢，央請「專業者」代他們下刀，便成為最便捷的一種手段。而那些財產被奪、妻女被掠、祖墳屋宅被毀、父兄被殺的漢子，他們的仇恨又如何宣洩呢？為了報復「不義」、尋求「公道」，他們也只好「殺人」，不敢或無法親自動手的，只好去找俠者幫忙，找不到俠者，也只有找「流氓」，只要能報仇洩恨，傾家蕩產又何足惜？所以在那樣一個時時有人「需要」被殺的歷史情境下，「殺人」成為一個職業團體其實並不足為怪！

　　由以上的討論，我們可以知道：那些從事「殺人」行業的，誠然如王符所說，乃是萬惡「不赦」之徒，但是，這個行業的存在，一如其他行業，都脫離不了「供應與需求」的市場法則，他們所以能存在，基本上，是因為有人「需要」

他們去殺人。由此我們可以進一步的說：有時候，「犯罪行為」並不應單由犯罪者個人負起全部責任，而「罪行」往往不單是個人道德上的一種「惡」，而是社會弊病所逼壓出來的行為。我的意思並不是說個人不必為他的犯罪行為負責，而是想提醒大家：當我們面對一個「罪人」的「惡行」的時候，我們應該抱持「哀矜而勿喜」的態度，以悲憫的心情去探討在「個人罪行」的背後究竟隱藏多少「社會弊害」。這也就是說，我們該體認到：任何一個人的罪都是社會的罪。

「匿名檢舉」有罪──從睡虎地秦簡談起

　　1975 年年底，在中國大陸的湖北省雲夢縣睡虎地出土了
一批秦始皇時期所埋的竹簡，這批多達一千一百五十五支的
竹簡，經學者研究之後，發現簡文的內容大多是秦代的法律
文書。這個發現在中國法制史的研究上有非常重要的意義。
因為，中國古代法律能夠完整保存下來的，以唐律為最早，
唐以前的律文雖然也有學者做過一些輯錄和研究的工作，但
都只是一些斷章殘篇，而且在時代上也只能推前到漢律，而
這批秦簡中的法律條文雖然不是秦律的全部，畢竟保留了相
當多的秦律內容，這使我們對中國法制史的研究，有了更新、
更早、更豐富的研究資料。

　　這批秦簡簡文的整理和公佈，也促使我們必須對秦代歷
史重新做一番思考。經中外學者在這二十多年來的努力，我
們大致知道，過去的史家對秦歷史的理解並無大誤，但是，
仍有若干觀點需要修正或補充。其中比較有趣的是有關「檢
舉」（「告發」）的問題，例如，有一條簡文是這樣寫的：

> 「有投書，勿發，見輒燔之；能捕者購臣妾二人，毄
> （繫）投書者鞫審讞之。」所謂者，見書而投者不得，
> 燔書，勿發；投者（得），書不燔，鞫審讞之之謂殹
> （也）。

譯成現代語言是這樣的：

> 「有投匿名信的，不得拆看，見後應即燒毀；能把投
> 信人捕獲的，獎給男女奴隸二人，將投信人囚禁，審
> 訊定罪。」律文的意思是看到匿名信而沒有拿獲投信
> 人，應將信燒毀，不得開看；已拿獲投信人，信不要
> 燒毀掉（留做犯罪證據），將投信者審訊定罪。

　　這條律文至少告訴了我們三個事實：第一，寫匿名信檢
舉別人是有罪的；第二，政府機關不得受理匿名檢舉；第三，
早在秦代，中國社會就已有了寫匿名信告發別人的情事。這
是非常值得注意的三個事實，因為，秦政府非常鼓勵人民互
相糾舉、告發「犯罪」行為，在法律中也明文規定，家人之
間和鄰里之間，對於犯罪情事必須主動彼此檢舉，否則一經
查獲，便必須連坐，即使親如父子、夫妻也不例外，而凡是
檢舉他人犯罪而經查屬實的，都定有一定的賞格，或賜爵、
或賞黃金，但是，在這種被傳統士人視為「暴秦」「酷法」的
法律體系中，卻根本不容許「匿名檢舉」的情事，這不能不
說是一種意外，因為這表示當時的立法者還有點「理性」，也
表示當時的統治者知道，若容許「匿名檢舉」的情事風行，

那麼，整個社會便會成為「人間地獄」，因為沒有人會是「安全的」，任何人在任何時刻都有被檢舉、調查和誣陷的可能，而人與人之間也就會充斥著一種會教人陷於瘋狂的「猜疑」氣氛，這是一種非常可怕的生存環境。

其實，不僅秦代的立法者有這樣的認識，中國歷代的律令也大都有類似的規定，例如，根據《晉書‧刑法志》的記載，在魏晉時期，寫匿名信檢舉別人的行為（當時叫做「投書」），有些時候最高甚至可判處「死刑」（棄市）。而唐律對這種情事更有相當詳細的規定，如長孫無忌等人所撰寫的《唐律疏議》中便有這樣的記載：

> 諸投匿名書告人罪者，流二千里。得書者，皆即焚之；若將送官府者，徒一年。官司受而為理者，加二等。被告者不坐。

這條記載很明顯的指出，在唐律中，匿名檢舉也是有罪的，至少可判「流刑」（即流放），而如果所檢舉的人是自己的祖父母，依長孫無忌等人的意見則應處「死刑」（科絞）。拿到這種匿名信的人，如果不立即將信焚毀卻送交官府的話，也有罪，可判徒刑一年，官吏如果受理這種案件，則加重量刑，可判二年徒刑（案：唐律徒刑分五等，自一年起，以半年為差，以至三年。徒一年加二等即徒二年）。而被匿名檢舉的人則不管有無犯罪的事實都「無罪」。

以上所提到的，就是被「五四運動」以來的一些知識分子視為落伍、不人道的中國傳統律法，也是一些自認為「進

步」、「現代」的人所極力要打倒的傳統，這些人總覺得不打破傳統的枷鎖，我們就趕不上所謂的「時代的潮流」。但是，打破了傳統枷鎖又如何呢？在我們的社會裡，仍然有人要我們去「檢舉」別人以拿獎金，仍然有人到處寫「黑函」（匿名信）檢舉別人，而唯一打破傳統的是，「匿名檢舉」變無罪了，因為，我們的官員會受理這樣的信件。也許有人會說這是「造謠」，但是，在民國七十五年一月二十一日的一家報紙上，就有這樣的報導：

> 【臺北訊】監察院教育委員會廿一日受理一件檢舉臺北市立美術館不法情事的匿名信，決議函請臺北市教育局查明見覆。

當時的美術館代理館長蘇瑞屏在獲知有這封「匿名信」後，曾很悲憤的指出「匿名信檢舉是在製造人與人之間的仇恨」。也許有人會認為，報紙的報導可能有誤（這也是我們的記者常被懷疑的），但既然是監察院的決議，我們總可以到監察院查一查檔案紀錄，也可以到臺北市教育局查一查有沒有收到監察院的致「函」，當然，也可以去問問當事人蘇瑞屏女士。查證的結果，也許又是我們的記者搞錯了，也許是我誤會了，我希望真的是如此，否則，我就不知道，打破了這種傳統枷鎖的「現代社會」，究竟為什麼比過去的社會更適合我們生存。但願我們的「立法者」能深思這個問題。

領導流行的美女——孫壽

　　東漢泰山太守應劭在其《風俗通義》一書中，曾記載說：
「桓帝元嘉中 (151～152)，京師婦女作愁眉、啼妝、墮馬髻、
折腰步、齲齒笑。愁眉者，細而曲折；啼妝者，薄拭目下若
啼痕；墮馬髻者，側在一邊；折腰步者，足不任體；齲齒笑
者，若齒痛不忻忻。」這段記載，相當生動的描述了東漢首
都洛陽城裡的婦女，在西元 151～152 年間所流行的妝扮和儀
態。

　　由於欠缺實物資料，我們很難知道這些妝扮和姿儀的確
實模樣，但是，從其「名目」以及應劭的解釋，我們多少可
以猜想出一個大概。所謂「愁眉」，應該就是把眉毛畫得如同
彎曲多折的細柳條，而使眉目之間微露愁苦之情。所謂「啼
妝」，應該是在臉部上好妝之後，輕輕的在眼下的部位擦拭出
若干點狀痕，彷彿是淚珠滾過的樣子。所謂「墮馬髻」，就是
把髮髻梳往頭部的左側或右側，而且要弄得有點鬆散，好像
剛從馬背上摔下來弄偏弄亂了的頭髮。所謂「折腰步」，顧名

思義，一個人折了腰，走起路來，必然是一顛三顫，臀部擺盪的幅度也必然極為可觀，極盡誘惑之能事。而所謂「齲齒笑」，應該是略略歪斜著嘴唇，只牽動一小半邊的臉部肌肉，彷彿牙疼時的一種姿容，但是又必須帶著笑意，這樣才能既討人喜愛又惹人憐惜。

　　然則，帶動這種流行風潮的人又是誰呢？應劭只說：「始自梁冀家所為，京師翕然皆傚效之。」並未明講是誰。其實，根據南朝范曄《後漢書》的記載，這位領導流行的女人，在當時可是赫赫有名，那就是被皇帝冊封為「襄城君」，「歲入五千萬，加賜赤紱，（爵）比長公主」的孫壽，也是當時權傾天下的大將軍梁冀的夫人。

　　這位大將軍夫人，史書說她「色美而善為妖態」，所謂「妖態」，其實就是前面所說的幾種迷人的妝扮和儀態。無論如何，孫壽是個大美人總是錯不了，而凡是「美人」，幾乎沒有一個不善妒的。據載，梁冀曾和一個叫友通期的女人在洛陽城西「同居」，孫壽知道之後，也不吵也不鬧，就等梁冀上朝的時候，帶著奴僕去把友通期抓回家，然後將她「截髮刮面」，順便答打一頓。在這之後，梁冀還是和友通期時常「私通」，甚至還有了一個私生子。孫壽於是乾脆派她兒子把友通期母子都殺了，徹底消滅她的情敵。除此之外，她更和梁冀所寵信的一個奴隸「私通」起來，似乎有意要給性好漁色的梁大將軍好看，而梁冀卻拿她一點辦法都沒有。要知道，梁冀的權勢之大，連當時的皇帝（桓帝）都要懼他三分，桓帝之前的質帝（於西元 146 年在位），就因為在朝廷上看著梁冀說了一句：「此跋扈將軍也。」當天就被梁冀派人毒殺，可見

他是多麼「跋扈」。可是，不管他再跋扈，一碰到孫壽，就被
鉗制得死死的，史書上就說孫壽「能制御冀，冀甚寵憚之」。

梁冀這位跋扈將軍所以會對孫壽又愛又怕，最主要的關
鍵，便在於無法抗拒她的「美色」以及「妖態」（應該說是
「媚態」）。當時京師的婦女即使不曾眼見孫壽的風采，至少
也會耳聞這位美女「御夫有術」的故事，在這種情形之下，
也難怪她們要群起傚效，競作「愁眉、啼妝、墮馬髻」，競走
「折腰步」，盡作「齲齒笑」。她們不僅深深懂得美色加妝扮
加媚態便可征服一個男人的道理，而且還一個個投入「新潮」
的行列，一點都不「保守」。

可惜，這種流行的風潮，卻被後來的一些經學家和史學
家，也是一些不懂得「欣賞」的男人，硬是冠上「服妖」的
惡名，連帶也使得這位曾努力創造女人美態、領導流行的一
代美人聲名不彰。述往事，思來者，願往後的著述家和批評
家，對於所謂的「流行」和「奇裝異服」，能抱持比較持平的
欣賞態度，讓女人擁有表現「美麗」的權利和自由。也希望
「美容界」朋友，能知道你們有孫壽這麼一位傑出的前輩，
並且能繼起她的創造精神，大膽的創造出更多嬌媚動人的妝
扮姿容的方法，使每個女人更嬌艷動人，使每個男人更「賞
心悅目」。此外，美容界的朋友，不妨奉祀孫壽做為「行神」。

中國婦女節——陰曆九月九日

　　近些年來，婦女同胞大多將每年的陽曆三月八日視為「婦女節」。然而，這個節日卻不是由我們所設定或獨有的。如果從中國婦女本身的歷史來說，要選擇一個富有紀念意義的日子做為「婦女節」，那麼，陰曆的九月九日似乎更為恰當，更值得中國婦女銘記在心。

　　陰曆九月九日，一般以為就是「重陽節」（或叫「登高節」），在這一天，登高、飲菊酒、繫茱萸囊的習俗，大概從六朝起就已形成（南朝梁吳均《續齊諧記》）。可是，這一天，在六朝時期（至少在東晉之時）的江南一帶卻也是不折不扣的「婦女節」，因為，根據東晉干寶《搜神記》的記載，這一天在當時乃是江南婦女的「休息日」，所有的婦女都不用做事，而立下這個規矩的是當時的一位傳奇人物——丁姑。

　　相傳，丁姑是丹陽丁氏女，在十六歲那年嫁到全椒縣的謝家。謝家的婆婆是一位相當嚴酷的老婦人，她規定丁姑每天必須做完她所指派的所有工作才能休息，否則便捶楚交加，

使得丁姑苦不堪言，終於在陰曆九月九日那天上吊自殺。然而事情並未因此了結，據說，這一位因婆媳問題和勞動問題自殺身亡的丁姑，亡而有靈，死後不久便降附於巫祝身上，開口說道：「念人家婦女，作息不倦，使避九月九日，勿用作事。」可是，卻沒有人理會她的交代。於是，丁姑便現成人形，穿著縹衣，戴著青蓋，到當地的牛渚津一帶展示她「懲惡賞善」的神力──令戲弄她的男子溺水，令渡她過河的老船夫捕獲大批的魚蝦，因而才得到江南人的敬畏。從此之後，江南百姓不但到處替她立廟，而且也聽從她的「命令」，讓婦女在九月九日這一天「不用作事，以為息日」。

　　這個故事，雖然神怪的色彩相當濃厚，但卻反映了活生生的歷史事實。因為，即使丁姑死後並沒有那樣的神蹟，甚至連丁姑這個人也都是虛構的，可是，像這種受苦於傳統「舅姑」（即現代所謂的「公婆」）權威的女子，以及這種不堪過度勞動和凌虐而自殺身亡的女子，在傳統中國社會卻並不罕見。丁姑的自殺，代表了傳統婦女最嚴肅，也是最無力的抗議，有關她死後顯靈的傳說，則可說是眾多勤苦婦女渴望「休息」的心靈產物，而藉著當時人對於神道的信仰，「九月九日」這一天終能成為江南婦女的「息日」，也反映出丁姑這一類的女子所做的抗爭，其實已獲得某種程度的回應。這雖然不足以解開傳統中國社會加在婦女身上的所有束縛，但至少也算是一種撫慰吧！我想，從事婦女運動的現代中國女子，有必要認識丁姑這一位老前輩，也有必要知道，中國早在一千多年前就已有人為爭取婦女合理勞動（和休息）的權利而殉身，並且還因此得到一個專屬婦女的節日。

女性與中國宗教

女巫活躍的年代

　　在中國文明的初期，女性在宗教領域扮演極重要的角色。她們是人類和鬼神世界溝通的主要媒介，生前可以是法力高強、政治和社會地位崇高的巫師與祭司，死後可以是人所敬拜的神祇。在宗教事務上，她們即使不是獨權在握，至少也可以和男性分庭抗禮。

　　到了周人支配中國的時代，雄糾糾的武士及允文允武的男性宗族長成為社會的主宰者。在政治領域中，祭司集團不再享有先前那般尊榮的地位，而且，由於職務分化及周人重宗法的關係，所謂祝、宗、卜、史這類人物大都由男性擔任，女性在宗教事務上，只能擔任女巫的角色。女巫的工作內容，主要是陪伴王后或貴婦去弔喪和替她們求子。大旱之時，則以歌舞祈雨，有時候則被剝光衣服曝曬在太陽之下，或被投

入火堆之中；若想活命，只好拚命禱告，祈求上天及時下雨。中國男人認為這樣的祈雨模式是正常而合理的，因為，想要使天「陰」下雨，最好就是用「陰」物來祈雨，以求其同情和感應，所以，屬「陰」的女人只好成為「犧牲」了。無論如何，在這階段，她們總算還在政府的組織和國家祭典中佔有一席之地，尤其是她們「降神」或使神明憑降、附體而言的本領，只有男巫或男覡才能望其項背，因此，統治階級或一般人民，若想和神靈以及自己的祖先直接交談一番的話，還是免不了要和她們打交道。

女巫的噩運——走出宮廷，遁入民間

　　由於女巫具有交通鬼神、替人祈福去禍、求雨、降神……等神異能力，所以，在秦王朝及漢帝國初期，撇開皇帝後宮的嬪妃和女官不算，她們仍是政府組織中唯一的女性官僚。她們對若干宗教事務，例如祭天地、拜山川、祀高禖等，仍具有實質的影響力和發言權，所能提供的宗教服務，仍被認為無可替代。可是，當以男性為尊的儒家勢力在西元前一世紀左右抬頭之後，女巫便被徹底排除於「體制」之外。當然，儒生也非常公正的將男巫一併掃出政治和國家宗教的殿堂之外。於是，自此之後，數百年間，中國官方宗教的舞臺上便不見女性的蹤影，只見一批批衣冠整齊、行禮如儀的男性儒生和官僚熙攘其間。一時之間，女性的宗教人物便自國家的公共領域中消失，遁入民間，尋找其新顧客，隱密地在各個角落、各個社會階層中寄生著，遭受著男性官僚們隨心所欲、

興之所至的迫害和殺戮，並被壟斷了文字書寫、歷史記載的
男性知識分子刻劃成蠱惑人心、散播迷信、欺詐邪惡、淫亂
之源的壞形象。從此，「女巫」一詞不再是可以通天徹地、祈
福去禍的神聖者的代稱，而淪為中國人心靈中鬼魅一般的汙
穢人物。

在這四百多年之間（前 221～220），女性的祭司逐漸被
排除於「體制」之外，國家祀典所崇奉、祭拜的主要神祇，
也大多以經過儒家的神學體系檢查、篩選過的自然神（如天
地山川）和男性神（如帝神、戰神）居多。基本上，在儒家
所設計的宗教體系中，女性神祇至多只能居於「配屬」的地
位，而祭祀的權力則幾乎完全被男性所壟斷。歷代政府之嚴
禁婦女拜祭孔廟一事最能反映這個事實（多年前，臺北市的
「代民政局長」王月鏡女士因職權而得以「祭孔」，算是儒教
史上的一大變革）。然則，在秦漢時期，女性並未完全自宗教
的領域退出。例如，當時廣為社會各階層所接受、膜拜的神
明之一，便是個道道地地的「女性神」；也就是西王母。

西王母──女性神祇的抬頭

西王母在早期的神話傳說中，不過是天神手下，一名形
狀醜惡凶狠，專管瘟疫與刑罰的怪神。但是，經過一番改造
和轉化，西王母在漢代卻成了慈眉善目的女神，掌握著神仙
不死的祕訣和丹藥。有時更成為冥界的管轄者或神仙世界的
統治者，甚至還是開創宇宙萬物的母神。漢人把她的肖像融
鑄在銅鏡上、鐫刻在石頭和磚壁上、彩繪在壁畫或絹帛上，

或用以祈福，或用以辟邪。他們以銘文、詩歌和辭賦來頌美她的神仙不老、威靈顯赫，以小說和傳奇來播揚她的神奇來歷和綺麗多彩的故事。上自天子，下至庶民奴隸，無論士農工商、男女老幼，大概無人不知她的名字，無人不曉她的形像。雖然在國家祀典中，在儒生的神靈譜系上，沒有她的位置，但她卻在眾人的心中活著，在死人的墓中守護著。一名「女性」的神祇，在一個女性的宗教家喪失地位與尊嚴的時代裡，能有如此榮光，也許是諸神或眾人對女性的一種補償吧！

佛教的女人觀與女性信徒

漢末至六朝，約四百年間 (221～589)，在中國宗教史上，基本上是佛、道二教勃興與互競的時期。在這之後，中國宗教市場，也大部分由此二教瓜分。在此先談佛教。佛教雖然主張眾生平等，但是，不可否認的，其若干教義和神話卻赤裸裸的視女性為「第二性」，視其為男性僧侶修道證悟過程中的大魔障，視其為等待男性的佛陀和比丘予以啟悟、渡化的「次等人」，視其為「不潔淨」的生物。甚至宣稱：佛法的壽命因為接受了女性徒眾而少了五百年。所以，「僧團」在中國的建立遠遠大於也尊於「尼團」。唯有男性僧侶才能真正進入社會的主流，也最能吸引廣大的婦女信徒。一些比丘尼，在修道初期或傳教時，有時候還會被懷疑是「中邪」、「鬼附」，或妖言惑眾。奇怪的是，這樣一個輕賤女性的宗教，在六朝時期，竟引起廣大婦女群眾的大力支持和信仰，這些「善女

子」們往往捐出了她們的家當、首飾，只為了去裝飾一尊尊男性的佛或長鬍子的菩薩，或蓋一座座給和尚住的寺廟，或鑿一個個的石窟來供養佛陀。她們並且以堅忍不拔的精神，勸服她們的丈夫和兒女們也一起 「皈依佛、 皈依法、 皈依僧」。尤其北朝的婦女更是信佛成風。隋代後來統一中國，佛教成為「國教」，便和那些皇后、公主們之篤信佛教脫離不了關係。

女性征服了佛教

　　這樣子虔心供奉的結果，畢竟也不是沒有感應和善報。自此之後，到佛寺進香、拜佛便成為中國婦女外出社交的一個好藉口，任誰也阻止不了。不少浪漫或淫穢的男歡女愛的故事於是常藉佛寺而上演。其次，虔誠的女主人若對其夫不滿，其逃遁的方式之一，不是乾脆出家削髮為尼，就是和丈夫分房而睡，在家裡設個佛堂，鎮日敲著木魚，一聲聲敲打正抱著小妾或丫鬟的男人的良心。再者，或許她們已是信徒中的多數（至少是半數），僧尼或佛陀覺得再不給她們一尊女性的神膜拜似乎不合情理，於是，觀音菩薩的鬍子悄悄地被剃掉了，胸部漸漸隆起了，雄偉的姿態漸漸變得婀娜多姿了，一場替中國神明「變性」的運動無聲地展開了。這當然也有可能是女性信徒公開或私密的要求也未可知。總之，以女性姿態出現的觀音，自隋唐之後，慢慢成為中國佛教徒的最愛。沒有經過「變性」的釋迦牟尼佛和羅漢們大多數的時間只能端坐或肅立在佛寺的殿堂中和僧尼為伍、供人膜拜，而觀音

則真正走入人間、走入家庭，成為護佑人類（尤其是女人）的偉大神明。附帶一提的是，原本在漢代以老婦或美女的女性姿影顯現的灶神，在後代卻被「變性」為雄糾糾、氣昂昂的灶君、灶王爺，這不知是男性的反擊，還是女性為鼓勵男人走進廚房而設？至少，灶神變成男性一事，和孔夫子「君子遠庖廚」的名言兩相對比，顯得有些格格不入，也格外有趣。

　　無論如何，中國女性確實是征服了佛教，她們以自己的方式、興趣和關懷去改造佛教的神祇和信仰。她們之中的佼佼者，比如武則天，更利用佛教，使自己順利登上皇帝的寶座，成為中國「雄性統治」的歷史系譜中唯一的女皇帝。當然，她也順理成章地成為佛教的護佑者。有些唐代的佛教徒認為這是他們的勝利，因為佛教取代了道教的國教地位。其實，真正的勝利是屬於女性的。她們證明了：女人在聖與俗的世界都可以稱王。不僅如此，她們更開創了專屬於女人、或由女人所支配的佛教團體。中國的比丘尼教團一直是整個佛教世界最大、最有力，甚至是唯一的女性教團，而現代臺灣的「慈濟功德會」更是顯著的例證。當男性僧侶還在廟宇裡翻經、注經、爭議、判教、大寫其「高僧傳」，或和王侯公卿的上流社會打交道時，大多不識字的傳統中國女性們已以一聲「南無大慈大悲救苦救難觀世音菩薩」，或是簡短的一句「阿彌陀佛」，為佛的慈悲、為往生淨土的大願，做了簡潔而有力的註釋。

道教的女性觀——女人是男人的母親與伴侶

　　道教的情況稍有不同。或許是因為「老子五千文」屢屢頌揚「柔弱勝剛強」、「尚陰」、「守雌」的陰柔之道，或許是因為天師道的創始人張魯，其母原本是一名頗具姿色、也頗有名氣的女巫，所以，從一開始，道教就給女性預留了相當寬廣的活動空間。此外，由於道教的根本宗旨在於追求神仙不死，而「房中術」又是養生、神仙術中相當重要而又簡便的修煉方法，所以，基本上由男性掌握的道教，在實際運作上，也不得不賦予女性較為平等的地位，以便進行「男女合氣」、「陰陽雙修」的課目，以享「飄飄欲仙」的感覺，進求榮登仙榜。

女仙——男人思慕的對象

　　此外，道教的女性仙真，在神話、文學作品中，更是常常下凡與俗人結緣，或以身相許以啟悟男性的信徒。這些作品大多描述男性對女性的膜拜、渴求與眷戀，有時則批判凡間男子的魯鈍和貪婪及其對女性仙真的負情和不義。即使是關乎宗教心靈的修煉、宗教世界的知識，女性也被刻劃或傳述為男性的導師。例如，在中國中古時期（約從三世紀至十世紀）最具影響力的茅山道派，其基本教義、道法，據該派的男性宗師說，多是來自女仙魏華存降凡口授，而由男性道徒楊羲筆錄而成。

這樣的傳統，使唐末五代的道教學者杜光庭，不得不以《墉城集仙錄》做為女道及女仙故事的專集。中古以後流傳最盛的道教仙話「八仙故事」，也不得不給予女性二席位置。此外，麻姑更成為大家耳熟能詳的神仙人物。而若干融鑄佛道各教而成的新興宗教，紛紛以「無生老母」、「瑤池金母」為其主神，也和道教尊崇女性的獨特教義脫離不了關係。然而，奇怪的是：這樣一個宗教，卻極少女性道士，而其女性信徒，和視女性為次級品的佛教所招攬的人數相較，更是少得可憐，少得有些突兀。也許中國女性生具反抗和積極的精神，喜歡投入歧視她們的宗教，予以一番「內部改造」，以彰顯其「優位」吧！也許中國女性不喜歡「性」，不喜歡永世不死地和男人活在一個世界裡。她們也許比較喜歡輪迴，輪迴才有機會迴轉成男身（這是佛教的教義），或是徹底地跳脫生死的苦海和男性的壓榨，以達「涅槃」之境。這是中國女性相當獨特的宗教抉擇，身為男性的我不懂，只能胡亂猜猜。

女人的神、女人的廟

除了佛道二教之外，被儒家逐出體制之外的巫覡信仰，自漢以後的一、二千年之間，雖屢遭各大宗教攻擊、圍剿，再加上歷代政府的取締、禁斷，甚至屠戮，卻仍根深蒂固的盤互在中國社會的底層。巫覡信仰在這段期間的發展，可說和「女性」（尤其是那些命運悲慘、苦難多舛的女性）有著緊密的關係。即以六朝江南地區為例，當地的巫覡所供奉的二位神祇，丁姑和梅姑，都是自殺或被殺身亡、顯靈求祀的女

性。丁姑是因受不了過度的操勞和婆婆的虐待而自盡，死後顯靈，憑附於巫覡之身傳達旨意。她要求江南地區的婦女在農曆九月九日（她自殺的日子）當天不必工作，休假一天。這可能是世界最早的「婦女節」吧！梅姑所遭遇的不是婆媳鬥爭，而是慘遭丈夫殺害，死後顯靈，地方人士替她立廟，她因而透過巫覡告訴民眾，嚴禁在她的祠廟周遭漁獵，因為她厭惡暴力，唾棄殺戮。這二尊女性神，代表了女性對己身合理工作及「休息」權利的要求，以及對於尊重生命、泯棄暴戾的呼喚。透過宗教的力量，她們的要求，在那個時代，算是獲得了正面的回應。

而創造三尊掌管子嗣、分娩、育子的「女神」，更充分體現了女性藉助宗教，傳達其自我關懷的旨趣。「註生娘娘」是企求子嗣的婦女焚香禱告的對象。難產而死的女巫陳靖姑（臨水夫人）則成為護佑產婦平安分娩的神明。而「七娘媽」織女星（或說是「鳥母」）則是天下的母親祈祝子女平安成長時，傾聽婦女訴說娘心的女神。今日臺灣的臺南「開隆宮」就將這三尊女神擺在一起奉祀，而被當地人戲稱為「查某廟」。的確，就是這種專屬於女性的神和廟宇，最能傳達女性對生育的渴望、對分娩的懼怕、對子女的愛。

媽祖——女性的光榮、非主流的勝利

最後，值得一提的是「媽祖」。媽祖本名叫林默娘 (960～987)，北宋閩人，生前是個女巫，是宋代理學家所鄙夷、輕賤的人物，也是政府所要打擊、消滅的對象。但她死後，卻

成為福建地區人所敬仰的女神。而由於閩人擅於海上貿易，文風科舉又盛，一些地方人物挾其經濟力量和文才，開始躋身中央的政治舞臺。在取得對「國家」事務的發言權之後，他們便開始替「媽祖」爭取皇帝誥封的「正神」地位，因為她早已成為閩人在外任官時必定攜帶前行的守護神，也是閩人在海上行舟時賴以平定風波、指引迷津的海神。旅外的閩人在思鄉、恐懼、挫敗時，媽祖不啻是一位撫慰心靈的母親。所以，自宋代開始，他們不斷替媽祖爭取更高、更尊榮的地位，而終於取得「天妃」、「天后」、「天后聖母」的頭銜。媽祖於是成為所有閩人共同的「母神」，共同的驕傲。他們離鄉之時，便帶著媽祖的香火和神像前往異地立廟奉祀，將媽祖的神蹟和信仰傳佈到中國南方及沿海各地，並隨著移民活動，植立於東南亞和臺灣，成為閩、臺地區唯一能和王爺、關帝信仰相匹敵的「女神」。「媽祖」被中國皇帝和男性的官員們提昇到如此崇高的地位，可說有著無窮的意涵。「媽祖」生前是徹徹底底的「邊緣人物」：一方面，她代表處於邊陲地帶的閩人；二方面，她代表弱勢的女性；三方面，她是官方宗教所要排除的女巫。具有這種性格的人物，能贏得皇帝「天后」（天妃）的封誥，正標示「邊陲」向「中央」挑戰的勝利。也許，這也是女性在中國近代宗教舞臺上一次完美而和諧的演出。願媽祖保佑你！保佑蒼生！

冥婚、鬼婚與神婚

　　「結婚」基本上是一個「男人」和一個「女人」的結合。人和人結婚並不稀奇，稀奇的是人和鬼神結婚，以及鬼神之間的通婚。

　　臺灣習俗中的「娶神主」便是人和鬼結婚的最好例證。所謂「娶神主」的情形，通常是某家有一未出嫁的女兒早年亡逝，經過若干年後，其亡魂「討出嫁」，其家人就替她物色一門親事，最常用的辦法就是在「大路口」放置一個包著錢的「紅包」，倘若有路過的男人拾取紅包拆看，該名男子就被選定為「女婿」。如果男方不拒絕，便需迎娶「鬼新娘」的「神主牌」回家成親，並奉祀該牌位。當然，男女雙方訂婚之後，若女方不幸先亡，男方通常也會迎娶女方的「神主牌」以完婚。

　　生人和亡魂結婚並不是臺灣獨特的風俗，在中國大陸，歷代文獻都記載有各地各式各樣的「冥婚」習俗。例如，據一些現代學者的調查，民國初年的廣東翁源縣便有「討鬼妻」

之俗，河北定縣則有「結陰親」的民俗。此外，浙江定海有「陰配」之俗，河北滄縣有「娶乾骨」之習，廣西隆安縣有「鬼婚」之風。至於明清時期，則有許多文人在其筆記中分別記錄了山西、安徽、浙江、江蘇等地的冥婚習俗。清代梁紹王在其《兩般秋雨盦隨筆》中所說：「今俗男女，已聘未婚而死者，女或抱主成親，男或迎柩歸葬。」便是這種冥婚習俗的代表性說法。所謂「抱主成親」，就是抱著「神主牌」成親，這和臺灣的「娶神主」、「嫁神主」的風俗，在本質上並無不同。

除了上述這種「娶鬼新娘」，或「嫁鬼新郎」的習俗之外，人和鬼神（或妖精）結婚的故事更是常見於歷代的志怪小說中。《白蛇傳》中的許仙娶白蛇精白素貞為妻的故事，可說最為人所熟知。此外，董永因孝行感天，以致上天派遣織女下嫁的故事也曾流傳一時。更古老的故事則有《史記》所載的「河伯娶婦」的傳說。而宋代編成的《太平廣記》中更搜羅了不少「仙女」、「神女」下嫁凡夫俗子的故事。被挑中的男人，有的嚴詞峻拒，有的「快樂得不得了」。結婚之後，男人總能從「仙女」或「神女」身上獲得不少好處，不過，其結局總是因「緣盡」而分手。至於娶女鬼為妻的男子，在小說中，似乎也不壞，總能得到一些助益，女鬼甚至還能生子。當然，對女鬼而言，有時也會有些好處，例如湯顯祖《牡丹亭》裡的杜麗娘死去之後，便是和柳夢梅成親才得以還魂。至於那些娶到「妖魅」（尤其是狐狸精）的，除了許仙命大福厚之外，大多數的下場都不太好，不是「骨瘦如柴」、「形容枯槁」，就是「一病不起」、「精盡而亡」。

　　人既能和鬼神結婚，鬼神之間的通婚自然不足為怪。《西遊記》裡的牛魔王和鐵扇公主這對佳偶便是大家所熟悉的。而「冥婚」習俗中的一大類別便是未婚的男女亡魂在陰間成親。這種習俗起源甚早，鼎鼎大名的曹操便曾替他死去的愛子曹沖物色了一名女鬼為妻，並且將他們的屍骨合葬。這種習俗到了唐代似乎相當流行，敦煌卷子裡的《大唐吉凶書儀》裡便寫道：

> 男女早逝，未有聘娶，男則單栖地室，女則獨寢泉宮，生人為立良媒，貫通二姓，兩家和許，以骨同棺，共彰墳陵，是在婚合也，一名冥婚也。

在舉行冥婚儀式之前，男女雙方的家長還得各寫一篇「祭文」通知他們的殤男殤女，男方「祭文」的大義，用今天的話來說，大概是：

> 兒子啊！你死得早，還不懂「人事」，然而一個人在地府裡過了那麼多年，想必漸感寂寞。活人都會想要結婚，死了之後大概不喜歡獨身吧！某家的女兒和你一樣早死，也還沒成親，所以我就替你去求婚，讓你們可以「幽會」。現在，日子都挑好了，時辰也到了，我特地擺設了豐富的牲禮，你就痛痛快快的吃一頓吧！接著就要替你們合棺成親了。

　　女方「祭文」的內容和男方的差不多。這種替死人安排

結婚儀式的習俗，到了後代還頗流行。例如宋代學者康譽之，在其《昨夢錄》中便記載著：

> 北俗男女年當嫁娶，未婚而死者，兩家命媒互求之，謂之「鬼媒人」。

這種「鬼媒人」平常就得留意鄉里男女的婚嫁夭殤情形，掌握充分的資訊，才能主動撮合「鬼婚」，安排種種儀式，以謀取報酬。這種鬼和鬼結婚的風俗，到了現代還存留著。據說，在 1976 年的唐山大地震之後，該地的「鬼婚」儀式就相當盛行。學者認為造成這種現象的原因有三：一是因為在二十七萬因震災而死去的男女中，有不少情侶同時喪生，為了使他們在陰間得以「合法」的在一起，便為他們舉行鬼婚儀式。二是因為當地人相信「孤女墳」和「孤男墳」裡的鬼魂常會化成人形，迷惑生人，為了安撫他們，只好替他們在陰間找配偶。三是因為當地的喪俗規定，凡是未婚而亡的男女，若年在三十以內，則死後只能葬在地頭、道邊或亂葬崗裡，不得埋在家族的正墳，因此，必須替死者找對象，舉行冥婚後才能和族人葬在一起。

　　除了「鬼婚」的習俗之外，在中國歷代的志怪小說裡也有不少關於神靈（或神仙）婚配的故事。有一名叫做「紫素元君」的仙女曾下凡向一名叫做任生的人間男子求愛，在被任生拒絕之後，那位仙女便寫了首詩勸任生說：「葛洪亦有婦，王母亦有夫；神仙盡靈匹，君子竟何如？」「神仙盡靈匹」這句話的意思是說：神仙的配偶都是神靈。言下之意，

是告訴任生說：只要你和我成親，仍然可以得道成仙。不論
仙女的這句話是不是在「騙人」，至少，這個故事告訴我們，
中國古人相信神仙也有情欲，也會求偶，也有婚嫁。不過，
從我們所知道的幾個神靈之間的婚姻個案來看，他們的婚姻
生活實在不怎麼美滿。例如，流傳甚久的唐代故事〈柳毅
傳〉，敘述進京考試落榜的書生柳毅，在返鄉途中碰到一名在
路旁牧羊的婦女，而該女子其實是洞庭湖龍君的小女（「小龍
女」是也），因嫁給涇川水神的次子，遭夫婿厭棄，公婆虐
待，以致「牧羊於道」。柳毅基於義憤，便代他傳書給洞庭湖
的龍君，拯救小龍女脫離婚姻的苦海。此外，〈靈應傳〉則記
載一名叫「九娘子」的水神（也是龍女）喪夫之後，篤志守
寡，可是她的父母卻強迫她再嫁，並默許對方（朝那湫神的
么弟）前去搶親，因而爆發一場水神與水神之間的戰爭。這
位女神所以會寧戰不嫁，也許和其前夫「血氣方剛、殘虐視
事、禮教蔑聞」帶給她的不愉快經驗有關。另一則《廣異記》
的故事則說，華山的嶽神有三個夫人，大夫人姓王，二夫人
姓杜，三夫人姓蕭。嶽神每年七月七日至十二日都得到天庭
去開會，三位夫人於是乘此「空檔」，每年都會召開「性愛派
對」，找來一些人間男子「縱情盡歡」。可見山神的夫人也會
搞「婚外情」。當然，「神仙眷屬」中最可憐的要算是每年七夕
才一度相會的「牽牛」和「織女」了。清代大學者朱彝尊有詩
說：「織女牽牛匹，姮娥后羿妻；神人猶薄命，嫁娶不須啼。」
正是勸告咱們這些人間男女，不必羨慕什麼「神仙眷侶」，他
們的婚姻生活也不見得有多麼美好，相對之下，咱們也就不
必因為人類婚姻生活中的種種不完美而過度傷心、絕望。

　　由本文所介紹的種種「冥婚」、「鬼婚」及「神婚」的習俗和故事來看，中國人心靈中或想像中的鬼神世界其實和人的世界並無太大不同。鬼神也有情欲，也有婚戀，也能生育。他們的婚姻生活也有幸與不幸，有離婚、有守寡、有再婚，也有婚外情。更值得注意的是，在中國人的觀念裡，鬼神的世界和人的世界其實並不是絕然兩隔。人和鬼神的溝通，除了可以透過巫覡、童乩這類媒介人物的傳達之外，也可以直接藉著祭祀、祈禱的方式，單向的向鬼神表達人的期盼和願望，或是藉著占卜或神蹟揣測鬼神的旨意。至於凡人和鬼神直接的雙向溝通常常以「夢」的形式進行。而最直接的接觸則是本文所介紹的「結婚」（或「交媾」）的方式。臺灣地區有一些廟裡的神，據說也曾「現形」向人間女子求歡，可惜的是，到目前為止，筆者尚未聽聞現代臺灣「人」「神」結婚的傳奇，而只聽說過一則則「人」「鬼」婚配的「冥婚」故事。

古代雅典公民的婚姻生活

引　言

　　一些美國的女性人類學家和歷史學家，在研究中國和臺灣婦女的婚姻生活和地位時，常會以悲憫、同情，而又有些憤怒的語氣說：中國和臺灣的男人一直在「剝削」女人。姑且不論我們的婦女同胞是不是真的過著這麼「悲慘」的生活，且讓我們反過頭來，看看在他們「文明的」社會裡，女人究竟又享有什麼樣的地位，這或許有助於咱們瞭解她們的心態，並且較能真實地評估中國和臺灣婦女在社會中的遭遇究竟如何。限於篇幅，本文僅以古典時期（西元前六～前五世紀）的雅典社會（這是歐美文明最重要的泉源之一）為例，藉著他們的「公民」(citizen) 的婚姻生活，略述其女性的遭遇。

結婚：男人的幸福、女人的不幸

　　在一些歷史學家眼中，古代雅典是個「男性至上」的社會。女人基本上和奴隸、牲口一樣，只是男人家產的一部分。「婚姻」純粹是「男性」剝削「女性」的一項制度。結婚對男性而言，可從女性身上獲得三大好處：一是性的滿足；二是生兒育女；三是廉價勞力。而最幸運的女性所能獲得的頂多是所謂的「保護」、「伴侶」和「性滿足」。不過，古代雅典的男人娶妻其實並不在乎妻子的「性表現」，也不重視和妻子之間的性關係，他們認為從妓女和孌童（少年）身上可以享受更高層次的「快樂」。偉大的哲學家蘇格拉底便告訴他的兒子說：「人們和妻子上床只是為了傳宗接代，而不是想要獲得性的滿足，因為街頭上的妓女戶裡有許多人將提供這項服務。」另一位雅典男子則在一場演說中公開宣稱：「我們擁有妓女是為了享樂，擁有姬妾是因為她們能每天服侍我們的身體，擁有妻子是因為她們能替我們生育合法的子女，並且看管房子。」因此，法律便明文規定新娘必須是「童貞」，婚後且必須對她的丈夫「忠實」，不得有「不貞」的行為。而且，法律也規定，誘惑一名高貴的婦女比強暴她所受的刑罰要來得重。他們認為，強暴只是肉體上的玷汙，通常不會持續發生。誘惑則不然，不僅婦女的「身心」都會被汙染，而且，因為長久「暗通款曲」，常會「珠胎暗結」以致生下「私生子」而不被丈夫發覺。因此，其罪行較強暴犯來得重大。

婚　齡

　　古代雅典女子結婚時的年齡一般是十四或十五歲。有些學者認為：這個年紀的女孩，無論身、心都尚未成熟，因此，結婚之後，也就比較容易被訓練、調教成一個「理想的妻子」──忠貞、服從、任勞任怨的看家婆和生孩子的機器。蘇格拉底就曾問一個人說：「難道你不認為在女人愈小的時候跟她結婚，她所聽過、見過的事就愈少嗎？」言下之意，年紀愈小的妻子就愈好「控制」，至於是不是要小到像臺灣的「童養媳」那麼小，就不得而知了。也因此，當時便有位娶了個「小新娘」的男子，只好和他的丈母娘上床，並且生了個孩子。然而，因為早婚，雅典女人便常在生育時難產而死。她們常常為男子「傳宗接代」的欲望而壯烈犧牲，同時也結束其「工具性」的命運。她們所獲得的崇敬，頂多只是和戰死的士兵一樣，能在墓碑上留下自己的名字，或是懷抱著嬰孩的石刻像矗立在墓前。

婚　禮

　　對古代雅典的女人而言，婚禮和喪禮的儀式非常相似。女人往往以等待死亡的恐懼心情迎接婚禮的來臨。事實上，許多用於婚禮的器物也同樣用於女人的喪禮。未婚而亡的女子被認為是嫁給「冥王」，死亡的女性則被稱為「冥王的新娘」(the bride of Hades)。「結婚」的契約通常由新郎和新娘

的監護人（通常是其父親、兄弟或祖父）締結，未經此一儀式的婚姻，所生的小孩只能被視為「私生子」。婚禮的過程中另一項重要的儀式是宴請賓客，主要用意是請來許多的「見證人」，使新娘取得「妻子」的合法地位。結婚當天，則由一輛騾車馱著新娘和新郎前往男方家中，新郎的母親通常會等在門口「迎接」。新娘進門之前，則會有人以一籃子的堅果倒在新娘頭上，以示吉祥。值得注意的是，同樣的儀式也被用來迎接剛買來的奴隸。然而，等待著新娘的，不僅是門口的「婆婆」和一籃子堅果。門內的紡錘、織布機，以及門戶內外種種的苦差事，正等著新娘消磨一生。而當她們步出戶外，前往水井或水泉處汲水時，更是隨時有被人「性騷擾」或強暴的危險。希臘的陶瓶工匠，利用他們的繪畫技巧，毫不隱諱地把當時無聊男子的行徑記錄了下來。

婚姻暴力

　　男人通常是婚姻暴力事件中的優勢者和勝利者，在古希臘也不例外。古代雅典的婦女在婚姻生活中是不是常被丈夫毆打很難斷定，但是他們常被丈夫鎖在屋內不得外出，卻是個事實。雅典男人極度害怕妻子和人通姦，因此，外出之時，常會在妻子的閨房外面加上門栓、封印，並且飼養兇猛的獵犬看守著。有一位雅典男子曾振振有詞地說：把妻子鎖在屋內，一則可以防止盜賊闖入，二則可以避免妻子和奴僕私通而偷偷生下「私生子」。他認為這是個安全、可靠而又好處多多的辦法。

　　那麼，被鎖在屋裡的女人，孤伶伶的一個人，又能做些什麼呢？玩玩轉陀螺，或是變變拋球的小戲法，自娛一番。也許是她們唯一能做的事。

婚姻與性

　　古代雅典的法律規定：丈夫有義務和妻子每個月至少交媾三次。他們認為這條法律的立法精神，並不是為了享樂，而是像城邦之間的條約一樣，必須常常更換新約。也就是說：「交媾」是為了持續男女雙方的婚姻關係。只不知，當男方無法履行這項義務時，女方可不可以訴請離婚？也不知妻子可不可以拒絕「行房」？唯一可知的是，新婚之夜時，雅典的新郎通常會請其好友守在房門口，以防止猶是處女之身的新娘在床上「慘叫」時，新娘的女性家屬會衝進去救援。無論如何，在雅典人的觀念中，夫妻之間的性愛活動並不是為了享受性的樂趣，而只是為了生育小孩，因此，雙方交媾時，妻子通常連衣袍也不脫。而一個正當的雅典婦女甚至在洗澡時也不可脫光所有衣服，因此，脫光一名良家婦女的衣服就像強暴了她一樣令人可恨。此外，交媾先後，妻子都得儀式性地用橄欖油塗抹丈夫的身體，尤其性器官。也許就是因為雅典人的夫妻生活是如此單調、無聊，因此，男人通常把妻子鎖在屋內之後，便出外找樂子。不是在街頭、廣場、山濱、海邊群聚聊天、辯論、發表演說，就是到情婦（姬妾）家中或是妓院。在那兒，他們就可以充分而自由地享有性的快樂，各種精彩絕倫的性愛姿勢和場面，被希臘工匠彩繪在陶瓶上

而得以在現代歐美各大博物館「丟人現眼」。除此之外，雅典男人往往可以肆意蹂躪被他們打敗或征服部族的女子，以展雄風。他們偉大的英雄希拉克里斯 (Heracles) 便有七天之內連續強暴五十個女人的紀錄。即使如此，雅典男人仍然懷疑女人的忠貞，認為她們是淫蕩的，並且妒嫉她們在性愛中所享受的「快感」竟然有男人的九倍或十倍之多（這是經由一名男性預言家化身成女性，親身體驗之後，向其男性同類所做的「經驗報告」）。而事實上，絕大多數的良家婦女終其一生卻只能和其丈夫有一些「公式化」的性愛活動，或是偷偷摸摸的利用一些「人造陽具」(olisbos) 進行自慰。

離　婚

古代雅典的法律規定，結婚之時，女方的父親必須付給男方一筆嫁妝。婚後倘若離婚，男方必須歸還嫁妝，並且支付高達 18% 的利息。有些雅典男子便因還不起妝奩、付不出利息，以致不敢離婚。乍看之下，這似乎保障婦女不被拋棄，但事實上，她們卻因此得冒著生命的危險。有一名雅典的花花公子，在輸了離婚的訴訟之後，因付不出賠償金，只好以暴力強行帶回想下堂求去的妻子，最後更以謀殺的手段了結二人之間的婚姻關係。

然而，即使是離婚，婦女本身也無權力做決定。她們無法親自提出控訴，只能透過其男性「監護人」（通常是其父親或兄弟）進行訴訟。更殘酷的是，雅典男人的「遺囑」往往可以決定其「未亡人」的命運。有人將其改嫁給自己的姪兒，

也有人將其改嫁給自己的奴僕。至於當女兒的婚姻則幾乎完全決定於其父親的意志和法律的規定。在一個沒有男性子嗣的家庭中，家長死後，繼承家產的女性繼承人（通常是死者的女兒或姐妹），並不能支配任何財產，而必須嫁給與其最親近的男性親屬（無論年紀有多大）。倘若此名女性已婚，也必須離婚改嫁。

結　語

　　以上就是西元前六到前五世紀雅典「公民」（只有男性才能取得公民身分）婚姻生活的片斷，在這些男性公民的優勢支配下，婦女在婚姻生活中幾乎毫無自由和權力可言。婚姻對那時的婦女而言，也許就如同煉獄吧！不知現代婦女在婚姻生活中，究竟有多少人仍有類似的遭遇，希望「歷史」是在進步中。

陸・瘟疫與史學
——經驗的歷史

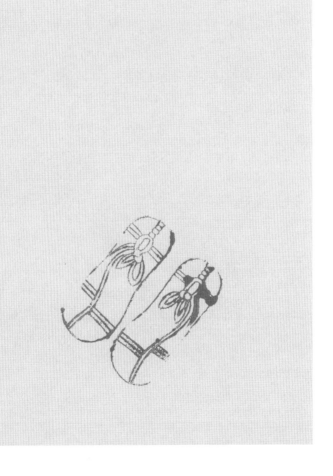

瘟疫與政治
——傳統中國政府對於瘟疫的回應之道

引　言

　　「嚴重急性呼吸道症候群」 (Severe Acute Respiratory Syndrome; SARS) 被認為是二十一世紀人類的第一個傳染病。這種傳染病，到了 2003 年 5 月底為止，所傳佈的國家（地區）共有三十一個，遍佈亞洲、歐洲、美洲、非洲和大洋洲，不過，根據世界衛生組織 (World Health Organization; WHO) 所獲得的通報，受到感染的人數其實還不到一萬人，死亡人數更不到一千人，而且絕大多數集中在中國、香港、臺灣、新加坡這些華人國家以及加拿大。

　　然而，這種「煞死病」(SARS) 所帶來的衝擊卻相當驚人，經濟和社會層面姑且不論，單是政治方面，中國已有衛生部長和北京市長因而丟官，臺灣的衛生署長、疾病管制局

局長和臺北市的衛生局長也因而易人。而在香港地區，則有人要求最高的行政首長董建華下臺。

由此可見，兩岸三地的華人在遭受「煞死病」的襲擊之後，似乎都認為政治人物必須為「瘟疫」所造成的傷害負起責任。雖然大家所追究的似乎僅限於隱匿疫情或抗疫不力，但是，將瘟疫和政治掛鉤卻是不爭的事實。而這似乎是源自中國古老的文化傳統。

王政與天命

以傳統中國儒家的經典記載來看，如《詩經·魚藻》、《詩經·楚茨》、《詩經·節南山》、《周禮·疾醫》、《孟子·梁惠王》雖都視瘟疫為「天災」，但也都認為，引發流行的終極因素是人君的「政教失所」、「王政之失」。而戰國至秦漢時期的「災異」、「時令」思想，如《禮記·月令》、《呂氏春秋》、《淮南子》、《春秋繁露》等書，也將人民的疾疫視為君主「失政」所引起的上天的降罰、譴責、或警告。有時，瘟疫甚至預示著統治者即將失去「天命」，其政權不再具有「合法性」(legitimacy)，因此，天下的英雄豪傑可以起來「革命」。

自省與究責

由於瘟疫可能會導致政權移易，傳統中國的統治者面對瘟疫時莫不戒慎恐懼，也會採取一些因應措施。

　　首先，由於瘟疫被視為是上天所降的「災異」，是給君主的一種警告，因此，針對君主及統治集團的「德」和「行」所進行的檢討便成為必要的舉措。

　　通常，皇帝會先下詔「罪己」，承認自己有「敗德」之行，或是反省自己的施政有些什麼樣的缺失。以下便是幾個明顯的例子。

　　其一，漢文帝在後元年（前 163）的詔書中，曾針對當時的「水旱疾疫之災」提出自省，懷疑是不是自己「政有所失而行有過」所造成的。同時，他也要求「丞相、列侯、吏二千石、博士」等人要共同商議，提出有益於百姓的政策，不得有所隱匿。

　　其二，漢元帝初元元年（前 48），關東地區發生大水災，外加饑荒、疾疫之災，次年（前 47）又有地震，因此，元帝下詔說：「天惟降災，震驚朕躬，治有大虧，咎至於此。」這是自責之意。同時，他還要求百官要指出他的「過失」，不可以有所避諱。

　　其三，漢成帝鴻嘉二年（前 19）三月，在一封詔書中，成帝坦承，他登基之後，「十有餘年，數遭水旱疾疫之災，黎民婁困於飢寒」，「帝王之道日以陵夷」。他認為，這可能是因為「招賢選士之路鬱滯而不通」、「舉者未得其人」所致。因此，他要求百官要推舉「敦厚有行義能直言者」，以提出「切言嘉謀」，輔佐他治理國家。

　　其四，東漢桓帝在延熹九年 (166) 的詔書中提到，當時「民多飢窮，又有水旱疾疫之困」，而他認為「政亂在予」，這是上天給他的「譴告」。

　　其五，宋文帝在元嘉五年 (428) 春天所頒佈的詔書中也提到，當時「陰陽違序，旱疫成患」。他認為這是「天譴」，而「責深在予」。因此，他要求百官必須「各獻讜言，指陳得失，勿有所諱」。

懲罰與改革

　　皇帝在下詔「罪己」之後，通常還會有一連串的懲罰和改革措施。其中，針對皇帝的部分，通常是依據《周禮》的規範而來，主要著眼於其日常生活的自我「貶損」或「減損」。具體的行動包括：衣素服（穿粗布、平素之服）、不殺牲（減膳）、懸樂（不聽音樂）、乘素車（乘坐無裝飾之車）等。例如，漢元帝初元元年（前 48）六月，便因「民疾疫」，下令「太官損膳，減樂府員，省苑馬」。初元五年（前 44），又因「疾疫」及其他災害，下令「太官毋日殺，所具各減半，乘輿秣馬，無乏正事而已。罷角抵」。

　　連皇帝都受罰，其他官員當然不能免責，而最嚴厲的懲處就是「罷免」丞相及高級官員。例如，西漢成帝在永始元年（前 16）罷免丞相薛宣時，在詔書中便直言：

> 君為丞相，出入六年，……變異數見，歲比不登，倉廩空虛，百姓飢饉，流離道路，疾疫死者以萬數，人至相食，盜賊並興，群職曠廢，是朕之不德而股肱不良也。

而十年之後，也就是綏和二年（前7），成帝又指責當時的丞相翟方進說：

> 皇帝問丞相：……惟君登位，於今十年，災害並臻，民被飢餓，加以疾疫溺死，關門牡開，失國守備，盜賊黨輩，吏民殘賊，毆殺良民，……其咎安在？

接到「冊書」後，翟方進當天立即「自殺」謝罪，扛起政治責任。此外，東漢順帝永建元年 (126) 司徒李郃也因「人多疾疫」而被免官。

除了罷免大官之外，皇帝有時也會命令百官「減俸」（減薪），甚至會裁汰一些「冗員」。不過，這不能完全看做是一種懲罰的措施，因為，瘟疫之後，政府歲收不足，減少官員俸祿的開支，有實際上的需要。

同時，皇帝往往也會廣開言論之門，徵求直言敢諫、賢良方正之士，而通常也會獲得一些官員或有識之士的回應，上書直陳當時的政治弊端，其中最常被提到的有：皇帝驕奢淫佚、寵用佞臣、聚斂不止、擅興徭役、賦斂過重、刑罰失當、窮兵黷武；政府奢侈浪費、官吏貪贓枉法、冤獄眾多……等。

至於皇帝的回應，通常會或多或少的採取一些變革措施。除了上面已提過的裁汰政府的官員、節省皇宮和政府的開銷、暫停一些皇室的活動和建設工程之外，最常見的就是平反冤獄或大赦天下、停止邊境的屯兵或對外爭戰，並頒佈一些針對災民所設的救濟辦法。

埋葬與醫療

瘟疫來時，往往會造成大規模的人口死亡，有不少家族或家庭會因此全部滅絕，或只留下少數的成員。「十室九空」、「千戶滅門」、「死者萬數」、「死者十七八」、「蠅蟲晝夜聲合」（屍體腐爛）、「白骨不覆」是文獻對於疫情常見的描述。曹植〈說疫氣〉一文所說的：「家家有僵尸之痛、室室有號泣之哀，或闔門而殪，或覆族而喪」，不僅是東漢獻帝建安二十二年 (217) 大疫流行之時的景象，也是中國多次瘟疫來時的寫照。

在這種情形之下，往往會出現 「死者相枕」、「尸橫遍野」、「棺價騰貴」、生者「無力葬埋」親人的情景。因此，政府所採取的救濟措施，主要就是「賜棺木」或補助受疫的家庭喪葬費用。若全家死絕，則由政府出資埋葬。

其次，為了救護染病者或防止擴大傳染，政府通常會派遣朝廷的要員（如光祿大夫、常侍、中謁者）或「使者」，帶領「太醫」、「醫藥」前往疫區慰問、治療病者。

有時候，他們也會採取一些「隔離」的措施。例如，早在西元前第三世紀，就有官方所設置的「癘所」，用來收容、隔離癘（癩）病患者，而癘病可能就是現代醫學所說的痲瘋病。而漢平帝元始二年 (2) 夏天，政府則曾淨空「邸第」，將染病的人集中治療。此外，為了防止傳染，晉代的中央政府曾經規定，朝臣家中如果有三人以上感染瘟疫，那麼，即使本身沒病，百日之內也不得進入宮廷。

救濟與寬免

　　大量的人口喪亡和染病，意味著社會生產力的下降。因此，瘟疫之後，中國社會多半都曾面臨糧食不足、經濟蕭條、物價騰貴的困境。疫區民眾的生活也往往因而陷入絕境之中。

　　針對這種情形，古人也有一套應變機制。例如，《周禮・大司徒》便說：「大荒、大札，則令邦國移民、通財、舍禁、弛力、薄征、緩刑」。「大荒」是指「大凶年」，而「大札」則是指「大疫病」。至於「移民」、「通財」、「舍禁」、「弛力」、「薄征」、「緩刑」這六大措施，後三項是減輕民眾徭役、賦稅負擔以及刑罰的寬免措施，前三項則都是為了方便災民獲得生活所需的救濟措施。其中，「移民」是讓民眾前往糧食豐足之地「就食」，「通財」主要指「平抑物價」，讓民眾可以平價購物，「舍禁」則是解除一些「管制區」，讓災民可以進入國有的山澤之地漁獵維生。

　　歷代中國政府基本上多以《周禮》的說法做為指導方針。以下便是秦漢、魏晉、南北朝時期中國政府的一些實際作為。

　　一、秦始皇四年（前 243），「天下疫」，於是讓「百姓內粟千石，拜爵一級」。「以爵換糧」主要是為了增加政府對於糧食的控管，以加強救濟能力。

　　二、西漢宣帝元康二年（前 64），因「天下頗被疾疫之災」，下令「郡國被災甚者，毋出今年租稅」。這是免稅措施。

　　三、西漢元帝初元二年（前 47），因關東「大水」，民「飢疫」，下令官吏「虛倉廩，開府藏，振捄貧民」。

　　四、西漢元帝初元五年（前44），因關東地區「連遭災害，饑寒疾疫」，賜吏民牛酒、布帛，並且「省刑罰七十餘事」。

　　五、西漢平帝元始二年(2)夏天，郡國大旱、蝗災，又有瘟疫，人民流亡，因此，以官地設置「屯墾區」，招募貧民，供應飲食，賜給「田宅什器」，「假與犁、牛、種、食」，又在首都長安城中興建二百間住宅「以居貧民」。這次的救濟和安置措施可以說相當慷慨。

　　六、東漢章帝建初元年（76），由於連年大旱，穀貴，又「災疫未息」，因此，皇帝聽從楊終的建言，赦免早年因一連串的大獄而被放逐到邊地屯戍的臣民及其家屬。這類似《周禮》所說的「緩刑」。

　　七、東漢安帝元初六年（119），夏四月，「會稽大疫」，因而「除田租、口賦」。

　　八、東漢順帝永建元年（126），春正月，「疫癘為災」，於是下詔「大赦天下」，賜「鰥寡孤獨」「貧不能自存者粟」、「貞婦帛」。

　　九、東漢桓帝延熹九年（166），因「民多飢窮，又有水旱疾疫之困」，下令「大司農絕今歲調度徵求，及前年所調未畢者，勿復收責」。這主要是寬免賦稅的措施。

　　十、東漢獻帝建安二十二年（217），天下大疫，次年(218)，丞相曹操下令，由政府供養老弱婦孺及傷殘者，「貧窮不能自贍者」則可以向政府借貸。

　　十一、東漢獻帝建安二十四年（219），孫權定荊州，因「是歲大疫」，「盡除荊州民租稅」。

十二、西晉武帝咸寧二年 (276) 春天，因自去年 (275) 冬天起便疾疫不斷，死傷慘重，「賜諸散吏至于士卒絲各有差」。這純粹是物資救濟。

十三、西晉惠帝元康七年 (297)，秋七月，「雍、梁州疫」，「關中饑，米斛萬錢」，詔「骨肉相賣者不禁」。這大概是最不得已的措施，目的是讓災民可以苟活殘喘。

十四、宋文帝元嘉五年 (428)，春五月，因「旱疫成患」，下令要「議獄詳刑」，目的應該是為了避免或平反冤獄。

十五、宋文帝元嘉二十四年 (447)，六月，「京邑疫癘」，「以貨貴，制大錢一當兩」。這是比較少見的「貨幣」手段。

十六、陳宣帝太建六年 (574)，夏四月，因有感於百姓「饑饉疫疾，不免流離」，令大使「精加撫慰」，「出陽平倉穀，拯其懸罄，并充糧種」，「勸課士女，隨近耕種」。這次措施，一方面救其饑饉，另一方面則供其糧種、耕地，勸其墾植。

結語：修德以禳災

除了上述措施之外，早期的中國政府在瘟疫流行之際，有時也會採取一些宗教性的手段，如所謂的禜禬之祭、磔禳之法、大儺逐疫、齋醮誦經等。不過，從漢代開始，政治上的回應，多數仍以檢討施政上的缺失為主，並採取相關的改革和救濟措施。換句話說，瘟疫雖被視為是「天災」，但政府的回應卻以「人事」為主。「修德以禳災」可以說很早就已成為中國政治文化的基調。

　　孟子曾說：「人死（謂餓疫死者），則曰非我也，歲也。是何異於刺人而殺之，曰非我也，兵也。王無罪歲（不要歸罪於歲時），斯天下之民至焉」。兩岸三地的政治領導人，或可三思其言。

瘟疫、社會恐慌與藥物流行

引言：瘟疫再臨

2013 年 3 月下旬，禽流感病毒 H7N9 侵襲人類的案例首先見於中國的上海，隨後在長江中下游的省份（江蘇、浙江、江西、湖南等）也陸續發現一些病例，並有逐漸擴散的跡象，連黃河流域的省份（安徽、河南、河北、山東等）也無法倖免，病毒甚至還被大陸臺商帶回臺灣。截至 2013 年 4 月底，雖然所有的確診病例才 128 個，死亡者也才 26 人，世界衛生組織 (World Health Organization) 也認為不太可能造成大流行。但是，因為傳染途徑是經由人類經常接觸的鴿子與活禽，而被感染的禽鳥卻無症狀，也不會死亡，因此，格外難以防備。更令人擔憂的是，有些專家認為一旦病毒基因突變，可能會演變成人傳人的流行性感冒。因此，海峽兩岸的政府還是提高警覺，並啟動相關的防疫機制，連周邊的地區和國家

也不敢輕忽其潛在的危險。

　　而民間的反應則更激烈。網際網路上充斥著各種流言：有人說 H7N9 已經演變為人傳人的病毒；有人說這是西方強權的生化攻擊；有人說政府隱匿疫情的嚴重性。口罩、溫度計、洗手乳、消毒液、克流感 (Tamiflu)、板藍根等醫護、防疫器材與藥物開始熱銷，禽鳥或被撲殺或乏人問津，活禽交易與觀光旅遊市場開始遭受打擊。這是非常典型的瘟疫所造成的社會恐慌現象。

恐慌的宗教反應

　　事實上，這樣的恐慌並不是第一次出現。2003 年「煞死病」(Severe Acute Respiratory Syndrome; SARS) 流行時，海峽兩岸便有類似的現象。而在中國歷史上，類似的恐慌更是不乏前例，只是面對恐慌時的反應與應對措施不盡相同而已。

　　就以東漢末年到魏晉南北朝時期（大約從西元三世紀起一直到六世紀）來說，在四百年左右的時間裡，至少有二十七次「大疫」流行見於「正史」的記載，平均一、二十年便爆發一次。在瘟疫的陰影之下，人總不免會有所不安、惶惑、和恐慌，必須尋求解答與慰助。而當時的宗教，無論是傳統的巫覡信仰，還是新興的道教，乃至外來的佛教，都成為恐慌者的心靈「解藥」。巫覡的「厲鬼」說和道、佛二教的「末世」（末劫）論，都被用來理解瘟疫的流行，都曾引起廣大的共鳴。而符咒、祓禳、齋戒、悔過、誦經、祭禱等宗教法術和儀式，也大為風行，即使是最高的統治者也奉行不二。例

如，隋文帝開皇十二年 (592)，當時首都長安流行「疾疫」，隋文帝便召來曾為僧人的儒士徐孝克 (527～599)，令他「講《金剛般若經》」，企圖消弭瘟疫（見於《太平御覽》、《佛祖統紀》）。

恐慌的醫藥反應：從白犬膽到板藍根

　　面對瘟疫，尋求醫藥救助也很常見。不過，在極度恐慌之下，有時候不免會有些荒腔走板的演出。例如，東晉元帝永昌二年 (323)，百姓訛言「蟲病」流行，這種蟲會吃人皮膚、肌肉，造成穿孔，而且，「數日入腹，入腹則死」。這個謠言從淮、泗一帶一直傳到京都（建康），「數日之間，百姓驚擾」，人人都覺得自己已經染病。不過，當時也傳出解救之道：當蟲還在體表時，「當燒鐵以灼之」，嚴重的話，就要用「白犬膽以為藥」。因此，大家紛紛找人燒灼，有人甚至自稱能燒鐵，專門替人燒灼治病以牟利，「日得五六萬」。白犬的價格更是「暴貴」，漲了十倍，大家紛紛搶奪。不過，這畢竟只是傳言，並非真正爆發瘟疫，因此，四、五天之後便平息了（見於《宋書·五行志》）。

　　H7N9 病毒對人類所造成的傷害當然比西元四世紀的「蟲病」真實，再加上過去遭逢瘟疫的恐怖經驗，雖然感染與死亡的人數還不多，社會恐慌依然出現。板藍根 (Radix Isatidis) 熱潮就是指標。

　　板藍（菘藍；馬藍）是傳統的中草藥，《神農本草經》便有關於「藍實」藥性與功效的記載，而從南北朝時期陶弘景

(456～536) 的《名醫別錄》起，到明代李時珍 (1518～1593)《本草綱目》，此物一直是中國本草學家著錄與討論的藥物之一。至於板藍根，則宋代廣泛的被用來治療中風、蛇蠍螫傷、藥毒、傷寒、下痢等疾病（見《太平聖惠方》、《聖濟總錄》等），明代治療各種疾病的複方之中，板藍根也是常見的組合成分之一（見《普濟方》、《太平聖惠方》、《聖濟總錄》等）。

　　不過，近代以來，板藍根開始受到矚目似乎是始於 1988 年上海 A 型肝炎流行期間，但廣為人知則可能肇因於 2003 年「煞死病」流行所引起的恐慌。不過，當時主要還是以「民間偏方」的方式流傳。而這一次，則有了官方的倡導或鼓動。例如，2013 年 4 月 3 日，江蘇省衛生廳制訂、印發了《江蘇省人感染 H7N9 禽流感中醫藥防治技術方案（2013 年第 1 版)》，文中建議「高危險人群」要服用中藥，其中便包括「板藍根沖劑」（板藍根顆粒）。這個「方案」一出，「板藍根」立刻熱銷，甚至被認為是「萬能藥」。根據中、港、臺、日、美等地的媒體報導：中國有將近五成的受訪民眾表示會去買板藍根來吃；疫情較多的南方，從上海到廣州，許多藥店的板藍根都銷售一空，價格也跟著飛漲。到了 4 月中旬，連北京中藥店的板藍根藥材也已缺貨，只剩各種品牌的顆粒製劑；上海市中心的一家藥店設立了板藍根專櫃；南京的大學生開始流行以「板藍根」取代咖啡，有人則創出加牛奶、咖啡的混搭喝法。甚至還有人拿來餵養動物，例如，有些浙江省的養雞戶便直接用板藍根餵雞；江蘇省蘇州動物園也在鳥類的飲水中加入板藍根。事實上，板藍根顆粒已經進入了中國國家基本藥物目錄，其販售價格必須執行政府的「指導價」，但

在搶購的熱潮之下，官方的定價很輕易就被打破，例如，湖北省物價局在 4 月份針對武漢市藥店進行突擊檢查時便發現，當地有些藥店的板藍根顆粒實際售價已經是官價的十倍。

當然，根據媒體的報導以及網際網路上流傳的訊息來看，仍有許多人拒絕盲目跟從這一波的板藍根熱潮，對於其效用及搶購行為，或加以嘲諷，或予以駁斥。若干藥物專家也紛紛提出警告，勸告民眾不要胡亂服藥或過度用藥，以免防疫不成反而產生不良的副作用。

防疫藥物的先鋒：洗瘴丹

在傳統中國的醫藥史上，板藍根基本上只是眾多具有「清熱解毒」功能的藥物之一，而且，很少做為單方使用。我不知道中國民眾和官方何以會選擇板藍根做為防治禽流感的藥物，這或許是來自近代民間的「經驗方」，或許是根據實驗室的科學實證研究結果，或許是社會恐慌之下的隨機選擇或藥商行銷。無論如何，如果真要選擇一種簡單易用，又能配合南方的風土，而且還要有醫藥經典為憑據的藥物，那麼，檳榔的妥適性理應在板藍根之上。

檳榔此物，自從唐末五代初年侯寧極（926～930 之間的進士）的《藥譜》給予「洗瘴丹」的別名之後，從五代北宋初年陶穀 (903～970) 的 《清異錄》、 南宋孝宗乾道八年 (1172) 刊刻，由施元之（1154 年進士）、顧禧 (活躍於 1131) 注，施宿 (1164～1222) 補注的蘇東坡詩集《註東坡先生詩》（《施註蘇詩》）、 元末明初陶宗儀 (1329～1410) 的 《輟耕

錄》、明代李時珍的《本草綱目》，一直到清代諸多的筆記、
詩文，這個別名始終是檳榔的專用，由此看來，檳榔必定與
防治瘴癘、瘟疫有關。而大量宋、元、明、清時期的詩文中，
凡提到中國南方的瘴癘之氣時，無論是親身遊歷之記、送行
贈別之作，還是追憶遙想之詞，也常常提到檳榔。

　　事實上，不少「外地人」到了南方（尤其是嶺南、閩粵
一帶），都會入境隨俗而嚼食檳榔，而其動機就是為了防瘴辟
瘟。例如，北宋蘇軾 (1037～1101)〈食檳榔〉一詩便提到：

> 北客初未諳，勸食俗難阻。中虛畏泄氣，始嚼或半吐。
> 吸津得微甘，著齒隨亦苦。面目太嚴冷，滋味絕媚嫵。
> 誅彭勳可策，推轂勇宜賈。瘴風作堅頑，導利時有補。
> 藥儲固可爾，果錄詎用許。

這是東坡先生吃檳榔的初體驗，滋味有苦有甘，評價有褒有
貶，但他還是相信檳榔具有藥效，而人在瘴風之地，也不得
不吃。其次，元末明初的劉基（劉伯溫，1311～1375）也有
類似的經驗，他有一首〈初食檳榔〉詩便說：

> 檳榔紅白文，包以青扶留。驛吏勸我食，可已瘴癘憂。
> 初驚刺生頰，漸若戟在喉。紛紛花滿眼，岑岑暈蒙頭。
> 將疑誤腊毒，復想致無由。稍稍熱上面，輕汗如珠流。
> 清涼徹肺腑，粗穢無纖留。信知殷王語，瞑眩疾乃瘳。
> 三復增味歎，書之遺朋儔。

這是劉伯溫到了南方，在「驛吏」的勸說之下，為了防治瘴瘧而嚼食檳榔的經驗談。此外，清代士人從中國大陸到瘴瘧之鄉的臺灣，其經驗更是豐富。例如，清嘉慶十一年 (1806) 纂修完成的《續修臺灣縣志》，便收錄了一首「檳榔」詩云：

> 臺灣檳榔何最美，簫籠雞心稱無比。乍嚼面紅發軒汗，駿鵝風前如飲酏。人傳此果有奇功，內能疏通外養齒。猶勝波羅與椰子，多食令人厭鄙俚。我今已客久成家，不似初來畏染指。有時食鱉苦羶腥，也須細嚼淨口舐。海南太守蘇夫子，日啖一粒未為侈。紅潮登頰看婆娑，未必膏粱能勝此！

這是在讚美檳榔的滋味，也說明大家嚼食檳榔的理由在於它有「奇功」，也就是所謂的「內能疏通外養齒」。作者剛來臺之時，也不太敢吃，但「客久成家」，逐漸就接受了，有時吃了「鱉苦羶腥」的食物之後，還必須「細嚼」檳榔以「淨口舐」。而清代文獻，從蔣毓英《臺灣府志》(1685)、高拱乾《臺灣府志》(1695)、陳夢林《諸羅縣志》(1717)、李丕煜《鳳山縣志》(1720)、王必昌《重修臺灣縣志》(1752)、薛志亮等《續修臺灣縣志》(1806)、周璽《彰化縣志》(1832)、陳培桂《淡水廳志》(1871)、到連橫《臺灣通史》(1920)，在提到臺灣人嗜食檳榔的風氣時，大多會注意到臺人吃檳榔的原始動機就在於辟除瘴瘧之氣。

檳榔的醫藥功能

　　中國並不是檳榔的原鄉，但接觸甚早。西漢武帝之時（前140～前87）司馬相如所寫的〈上林賦〉，在描述長安上林苑（皇帝的御花園）的景物時，便提到一種叫做「仁頻」的植物，而根據唐人的注解，仁頻就是檳榔。事實上，漢人所撰的《三輔黃圖》也提到，漢武帝在元鼎六年（前111）滅了南越之後，曾經從南越（兩廣、越南一帶）移來各種「奇草異木」，種植在上林苑中新建的「扶荔宮」，其中，便有「龍眼、荔枝、檳榔、橄欖、千歲子、甘橘」各百餘棵。這或許是檳榔樹首度越過長江流域，進入華北地區。

　　當然，隨著南越納入漢帝國的版圖，當地的檳榔樹也可以說就成為「中國」的物種。不過，在西漢時期（前206～後24），身處政治、經濟、文化中心的北方知識或統治階層對於檳榔應該還非常陌生。但是，到了東漢時期，章帝時（76～88在位）的議郎楊孚在《異物志》中已清楚的描述了檳榔樹的外觀、生物特性、檳榔子的食用方式和功效：「下氣及宿食、白蟲，消穀」。《異物志》原書已經亡佚，我們根據的是北魏(386～534)賈思勰《齊民要術》的引述，因此，中國人對於檳榔的認識是否可以前推到西元第一世紀，還有爭辯的空間。但是，西元第三世紀的吳普《本草》和李當之《藥錄》都已提到檳榔，南朝陶弘景《名醫別錄》更是針對檳榔的產地、藥性和功效（消穀、逐水、除痰澼、殺三蟲、伏尸、寸白）詳加介紹。由此可見，檳榔很早就進入中國的醫藥知

識體系之中，中國對於這種原產於異邦他鄉的「異物」的容受，最早可能是出自醫藥方面的考量。

　　總之，在魏晉南北朝時期，中國的醫家很快的便將南方「土產」的檳榔納入其本草世界中，並且開始研究、配製以檳榔為主要成分的各種藥方，而東晉南朝的皇親貴戚、富家豪族，乃至僧人，也開始流行「吃檳榔」。雖然，當時並沒有文獻明白指出他們吃檳榔的目的，但是，因為檳榔在嶺南之外的地區還是相當難得的珍異之物，因此，「誇富」、炫耀應該是動機之一。其次，交州、廣州一帶雖然是可怕的瘴癘之鄉，但也是充滿「財富」和機會之地，到當地仕宦、商貿，是一種難以抗拒的誘惑。因此，為了防治瘴癘，「入境隨俗」而食用檳榔，可能也是南方王朝轄下的士人、民眾沾染此風的原因。

　　不過，早期的中國醫方或一般文獻似乎並未特別強調檳榔辟瘴、防瘟的效用。但到了唐宋時期便有了明顯的變化。例如，在唐昭宗時期 (889～904) 曾任廣州司馬的劉恂《嶺表錄異》便說：

　　　　安南人自嫩及老，採實啖之，以不婁藤兼之瓦屋子灰，競咀嚼之。自云：交州地溫，不食此無以祛其瘴癘。廣州亦噉檳榔，然不甚於安南也。（引自李昉等編，《太平御覽・果部・檳榔》）

北宋的本草學家蘇頌 (1020～1101) 也說：

嶺南人啖之以當果食，言南方地濕，不食此無以祛瘴癘也。(引自李時珍，《本草綱目・果之三・夷果類・檳榔》)

南宋羅大經 (1196～1242?)《鶴林玉露》也說：

嶺南人以檳榔代茶，且謂可以禦瘴。余始至不能食，久之，亦能稍稍。居歲餘，則不可一日無此君矣。故嘗謂檳榔之功有四：一曰醒能使之醉。蓋每食之，則醺然頰赤，若飲酒然。東坡所謂「紅潮登頰醉檳榔」者是也。二曰醉能使之醒。蓋酒後嚼之，則寬氣下痰，餘醒頓解。三曰飢能使之飽。蓋飢而食之，則充然氣盛，若有飽意。四曰飽能使之飢。蓋食後食之，則飲食消化，不至停積。嘗舉似於西堂先生范㧑叟，曰：「子可謂『檳榔舉主』。然子知其功，未知其德，檳榔賦性疏通而不洩氣。稟味嚴正而有餘甘。有是德，故有是功也。」

根據羅大經的觀察，當時嶺南人認為檳榔「可以禦瘴」，而且嚼食風氣非常興盛，已到了「以檳榔代茶」的地步，而他自己的體驗則是：「醒能使之醉，醉能使之醒；飢能使之飽，飽能使之飢。」這也就是後來屢屢被文人、雅士所引述、討論的檳榔「四功」。

不僅民俗以嚼食檳榔「禦瘴」，當時的醫方中也有不少是以檳榔為主要成分複方，例如，延年桃奴湯、木香犀角丸、木

香丸、七聖圓、紅雪通中散、七寶散、達原飲、三消飲、芍藥
湯方、檳芍順氣湯（唐代王燾《外臺秘要》；宋代《太平聖惠
方》；《太平惠民和劑局方》；蘇軾、沈括《蘇沈良方》；宋代陳
自明《婦人良方大全》；明代吳有性《瘟疫論》），可以治療山
瘴、溫瘴、瘴毒、瘧疾、伏連鬼氣、瘟疫、下痢等傳染性疾
病。而李時珍《本草綱目》總括檳榔主治的各種疾病便包括：

> 消穀逐水，除痰澼，殺三蟲、伏尸，療寸白（別錄）。
> 治腹脹，生搗末服，利水穀道。傅瘡，生肌肉止痛。
> 燒灰，傅口吻白瘡（蘇恭）。宣利五臟六腑壅滯，破胸
> 中氣，下水腫，治心痛積聚（甄權）。除一切風，下一
> 切氣，通關節，利九竅，補五勞七傷，健脾調中，除
> 煩，破癥結（大明）。主賁豚膀胱諸氣，五膈氣，風冷
> 氣，腳氣，宿食不消（李珣）。治衝脈為病，氣逆裏急
> （好古）。治瀉痢後重，心腹諸痛，大小便氣秘，痰氣
> 喘息，療諸瘧，御瘴癘（時珍）。

其中，瘧、瘴癘、諸蟲（三蟲、伏尸、寸白）等，可以說大
致符合現代所謂的「傳染病」，或是俗稱的「瘟疫」。由此可
見，對於傳統中國醫家來說，檳榔不僅是「洗瘴丹」，還頗接
近「萬能藥」。

結語：藥物的古今之變

不過，古人嚼食檳榔是否真能防治瘴癘，其實也有不同

的看法。包括南宋周去非 (1135〜1189) 的《嶺外代答》、明代吳興章杰的《瘴說》、本草學家盧和的《食物本草》，都曾討論過檳榔的醫藥功效，也都認為檳榔並不是百利而無一害，如果經常食用，會導致「臟氣疏洩」，一旦真的罹患瘴癘之疾而發病，反而無法採用「發散攻下」的療法。至少，若未染病，不應該為了要預防而吃檳榔，否則會「耗氣」、「有損正氣」。不過，他們似乎並不完全否定檳榔能緩解「瘴癘」所引起的一些症狀。

但是，到了近代則不同了，尤其是在臺灣，檳榔幾乎已經被徹底的「污名化」(stigmatization)。1997 年 4 月 8 日官方核定的〈檳榔問題管理方案〉，列舉了檳榔所帶來的四大問題：一是個人健康（嚼食會增加罹患口腔癌的風險）；二是自然生態（種植氾濫會嚴重影響水土保育）；三是公共衛生（檳榔殘渣會污染環境）；四是社會秩序（風俗）。於是乎，「檳榔有害」便成為臺灣社會的主流價值，有些學者甚至認為檳榔會招致「亡國滅種」，並大聲呼籲要「早日把這些檳榔危害清除乾淨」。

從萬能的藥物到被人厭惡的毒物，檳榔形象與評價的古今之變可謂大矣！目前正在風行的板藍根，乃至克流感等防治禽流感的藥物，是否有一天也會被人唾棄？還是會盛行不衰？且讓我們持續觀察。

何謂「歷史」?

　　1978 年,我參加大專聯考,原本考取的是國立臺灣大學哲學系,但因歷史科考了 96 分,獲准轉入歷史學系。當時其實也搞不清楚哲學和歷史有什麼不同,也沒打算以歷史研究為職志,只是一時興起,卻沒想到我竟從此與「歷史」糾結在一起,到現在還難分難捨。而在這三十多年的歲月裡,我經常會碰到的一個簡單卻難解的問題,也就是:何謂「歷史」?

　　假如我的記憶沒有錯亂的話,我在臺大歷史系所上的第一堂課是「史學導論」。那是 1978 年的 10 月,授課老師是當時的系主任孫同勛教授。他是山東人,我聽了一年的課仍無法完全聽懂他的「國語」。他的板書無論中英文都寫得漂亮,卻潦草到不易辨識。但是,他對我的影響極為深遠。他用了極多的時間和力氣要我們思辨歷史知識的特質和歷史學家的責任。他不說廢話,不講故事,不動情感,只是理智清明的不斷追問我們:什麼是歷史?事實上,他所指定的教科書之

一就是英國史家 E. H. Carr (1892～1982) 所寫的 *What Is History?* (1961)。

有趣的是，當我在 1989 年秋天到美國普林斯頓大學 (Princeton University) 讀博士班的時候，在必修課 HIS 500 (Introduction to the Professional Study of History) 琳瑯滿目的指定閱讀書單之中，也有 *What Is History?* 這本老書。當然，我依然被迫要回答：歷史是什麼？

我已經忘記自己大一或博一的時候究竟如何回答老師的提問，但我知道，我的答案始終在變動之中。而我最新的認知是：歷史是人類對於過去事物的追憶與敘述，而書寫歷史或研究歷史主要是為了幫助人類「認識自我」，瞭解「自我」的形成過程、當前的成就與缺憾，以及「自我」與「他者」的關聯。至於「自我」的「界域」，可以小至單一個體，也可以大至社會與國家群體。而無論是個體還是群體，其「邊界」及駐足點都會與時俱變。

其次，我認為，理想中的歷史書寫必須先有「完備」的「史料」，凡是與「過去事物」有關的文字、圖像、聲音、影像、器物等，都必須蒐羅齊全。另外，必須設定書寫的目的及預設的讀者，以便決定書寫的語言、文體及體例。而且，書寫者必須保持「價值中立」，讓「史料」自己說話。但是，在實務上，「史料」不可能完備，「追憶」不可能無誤，書寫者不可能沒有立場。換句話說，「歷史事實」不可能百分之一百的真實再現。

此外，我發現，「歷史書寫」者往往會以今溯古，以主體的現況追溯其源流，但在「敘述」「歷史事實」時，卻大多習

慣於依時間的先後次序，順敘而下。而所謂的「歷史事實」就像一座山或是月球的本體，我們使用語言或圖像所能描寫的，永遠只是在某個時間、站在某個或某些角度所觀察到的山形或月象。本體雖然只有一個，同一個人或不同的人卻永遠可以描繪出許多歧異的景象。

然而，任何一種「歷史敘述」都必須符合「證據法則」才可以說是「歷史事實」的某個或某些面相。而歷史學的「證據法則」接近法官審理案件時所依循的一些原則，雖然無法百分之百確保其對於「曾發生或存在之事實」的判斷「真實無誤」，但大多能符合多數人「常情」、「常理」的看法。就此而言，我們的確無法確信自己所「考證」或敘述的「歷史」絕對是「真相」。

由於「歷史知識（歷史書寫）」具有這些特質，倘若是替「公眾」寫史，那麼，任何人所寫或編的任何一本歷史著作，都會有以下的三點限制。第一，不是《聖經》：歷史著作的觀點和內容不可能令所有的人都信服，閱讀者也不應全盤接受。第二，不是百科全書：歷史著作的內容不可能無所不包，也不能滿足所有人的需求。第三，不是最後的定本：歷史著作不可能永久適用，必須也必然隨著「自我」的變動而不斷改寫。

雖然如此，若要替「公眾」寫史，歷史書寫者仍必須努力避免觸犯以下五個禁忌。第一，一家之言：歷史著作不宜只呈現編撰者一己的觀點和好惡，必須盡量讓所有不同的聲音和價值都能顯現。第二，取悅少數：歷史著作不宜為了取悅特定的「少數」而決定某些內容的取捨，必須力求滿足最

大多數人的需求。第三，背離事實：歷史著作所「敘述」的
「人、事、時、地、物」不能違反「證據法則」。第四，脫離
現實：歷史著作所選取的內容不宜與現今的境遇毫不相干或
關係甚淺。第五，時序混亂：歷史著作對於「事件」或發展
（變遷）所做的「敘述」，雖然可以有「順敘」、「倒敘」及
「插敘」等手法，但其時間軸必須單一、清楚、連貫而固定，
不宜有跳躍、偏移、斷裂、倒錯之情形。

　　因此，只要能認同這樣的「歷史」觀，並遵從上述的規
範，那麼，任何人其實都可以成為歷史學家，都可以替自己
或他人寫歷史，而任何「物件」都可以成為珍貴的史料。然
而，這樣的認知和實務操作正面臨來自「數位科技」（包括個
人電腦、手持式通訊與資訊設備、網際網路、通訊系統、以
及相關的軟硬體設施）所帶來的新而嚴峻的考驗。

　　我們發現，在「數位世界」裡，虛構、偽造、或篡改「歷
史」，變得非常容易。因為，資料的取得、複製、變改與傳輸
非常簡單，而在資訊溢載的情況下，「網路族」對於資料往往
只是搜尋、瀏覽、複製、刪除或轉傳，很少人會細閱、省思
其內容，更少有人會進行考證或辨偽的工作。雖然說在數位
世界裡，凡用過必留下痕跡，無論是虛構、偽造、篡改，還
是增刪、重組、轉傳的動作，只要是透過網際網路或通訊系
統，都會製造出新而且能不斷衍化的「文本」，任何人都很難
將它們根除。但是，若真要追查，還必須有專業的技能和設
備，才能讓「假歷史」現出原形，而且，往往抓不到「元兇」
（原創者），只能找到一些「幫兇」（協創者）。更麻煩的是，
每個「文本」其實都可以看作是一種「創作」，都在「數位世

界」裡佔有位置，擁有身分，至少，有計量上的價值。換句話說，進入「數位時代」，我們必須重新定義所謂的「作者」、「真假」、「抄襲」、「閱讀」、「書寫」與「歷史」。至於答案，我也還在摸索之中。

未來歷史學

引言：「未來」的歷史

人類用來創造、保存及傳播知識和文化的工具與媒介，基本上已歷經三次重大變革，一是口語；二是文字（書寫）；三是「數位」（多媒體）。我們目前正處於從文字轉向數位的變革階段，因此，即使歷史學者所要處理的基本上是屬於「過去」的事物，我們仍然不得不針對人類歷史的「未來」發展有所省思、想像與預測，以因應可能的重大變局。

新對象

歷史學者以前的研究對象，主要是特定時空下的人類思想、行為、活動及其所涉及的事、物，而這些人、事、物都存在於實體的物理和生物世界。但是，到了數位時代，人類

利用電腦各種網路設備建構了一個人類獨有、獨享的「虛擬世界」（網路世界）。在這個虛擬世界中，人類一樣可以進行各種慣有的日常活動（如社交、交易、選舉、宣傳、議論、娛樂、集會、宗教、創作等），並且經常與實體世界的活動相互連繫、延伸與互補。然而，兩者之間有時也存在著競爭或替代關係。

因此，未來凡是要探究當代及未來世界的歷史學者，雖然研究對象依然是人，但必須出入實體與網路世界，才能完整的觀察、分析人的政治、經濟、社會、宗教行為，及其日常生活與文化活動。

新史料

數位資料

無論什麼年代，歷史研究都離不開史料，但未來的歷史學者所運用的史料將以「數位資源」(digital resources) 為主，包括了「數位化材料」(digitized material) 和「原生數位材料」(born-digital material)。前者是指將原本以非數位方式儲存或呈現的訊息、資料、物件，轉化為數位格式，後者則是指直接利用數位工具生產的數位資料。未來，文字、圖像、聲音、影像、影音、器物等物件，都可以透過數位轉化而打破彼此的界限，匯流在同一個平臺或系統，且可以使用數位工具進行檢索、分析、管理與利用。

微縮效應

　　數位資料也引發了史料搜集、儲存、管理與運用的「微縮」效應。原先的實體史料，必須耗用大量媒材，佔用龐大的典藏空間，但是，透過數位化處理，便可以大幅縮減其體積和重量，而「原生數位材料」所佔據的儲存空間更是遠低於各種類型的實體資料。因此，這可以說是一種「物體／媒體微縮」，進而促成「空間微縮」。

　　此外，數位科技準確、快速、廉價的複製能力和傳播能力，無論在速度、數量、距離方面，都不是口語、文字或實體媒材所能比擬。因此，「微縮」效應還包括縮減了史家近用 (access) 資料的障礙，這是使用者與資料之間的「距離微縮」，以及取用資料的「時間微縮」。

大數據

　　數位資料往往也意味著巨量資料。在數位時代，隨著網際網路的廣泛佈建，個人電腦與行動載具的普及，即時感測、監控與傳輸系統的建立，以及雲端運算與儲存科技的進展，人類生產、複製、改造、傳播與再生產知識與訊息的能力、效率與速度有了重大的突破，網路世界因而隨時隨地充斥、流通、增長著巨量的資料，這也就是俗稱的「大數據」(Big Data)。

　　「大數據」可以是有意的採擷與建構，也可以是隨機、自然形成的；有些資料的同質性高，有些則極為龐雜。而且，資料量通常會持續、快速的增長，必須藉助特殊的數位科技的方

法和工具才能分析。未來的史家也必須處理這樣的巨量資料。

數位匯流

　　「大數據」的出現和「數位匯流」(Digital Convergence) 息息相關。所謂「數位匯流」是指透過數位的方式，將原本以不同形式（如：聲音、文字、圖像、影像、器物等）或不同媒材（如：紙張、布帛、木石、金屬、膠片、磁帶等）所呈現的訊息，匯聚成可以在同一載具或平臺顯示的數位資料。這意味著未來的史家所要處理的史料往往是一種多媒體的數位文本。

多語文本

　　網路世界幾乎覆蓋了整個實體世界，連結了絕大多數的人群，建立了通暢的往來管道。但是，大多數人仍會使用其日常慣用的母語，因此，在網路世界所產製、流傳的資料，必然是包括各種自然語言（語文）的多語文本。

　　其次，網路世界的多語情境還添加了「人工語言」這個新語種。無論是作業系統 (OS) 還是應用程式，基本上都是由某種特定的程式語言撰寫而成。這種人工的「符碼系統」，不僅用來溝通人與機器，也讓不同的機器可以串接或交換訊息。而網路世界的「符碼系統」，不僅多樣，還快速演化、激烈競爭，很難達到「書同文」的境地。此外，各地的網路族在彼此頻密往來、溝通的過程中，也不斷創造新詞彙和新的「符號」及「代碼」語言，讓非網路族或該社群之外的人難以理解。因此，未來的史家，勢必要掌握相當多樣的語言，無論

是自然的，還是人工的，都必須兼顧，才能讀懂這種新史料。

新工具

　　未來的史家，無論是要生產、管理，還是要展示、傳播知識，必須利用一些數位工具與技能。

基本工具

　　最常用的基本工具是電腦、攝影機和所謂的「辦公室套件」，包括：文書處理工具、簡報工具、試算表工具、資料庫管理工具、通訊工具等軟體，以及用以處理圖表、圖像和影像的工具、和網站設計工具。這些工具通常被用來「生產」知識，因此，也被稱作「生產力工具」，但事實上，其知識「管理」、「展示」及「傳播」的功能也不能忽視。

資料的搜集與管理工具

　　在搜集與管理資料時，則必須使用各種搜索引擎 (search engine) 和訊息檢索 (Information Retrieval) 工具，才能在網路世界或資料庫中快速找到大量的資料。而在取得數位資料或是將資料數位化之後，若要便於後續的查找及運用，通常必須建置資料庫，利用管理系統進行資料的分類與管理，並且開發便於使用的操作介面。

資料的分析與探討工具

　　針對所搜集、整理的資料，史家可以以特定的課題為導

向，運用各種「資料探勘」或「文本探勘」的工具進行分析。例如，「詞頻分析」工具，可以快速從一本書、一套書或大型的全文資料庫、後設資料庫中找出某特定詞彙出現的次數、頻率，或是自動萃取關鍵詞、自動進行斷詞（分詞）並統計其出現的次數、頻率。

其次，也可以運用「抄襲比對」、圖像或影音辨識等工具，進行各種「比對」工作，用來分析文件、文本、物件之間的異同，或是在大量資料中快速進行歸類，找出其共同特徵。

資料的呈現與傳播工具

無論是整理之後的資料還是研究成果，史家可以利用各種數位工具來呈現與傳播。

首先，「資料視覺化」（Data Visualization）幾乎成為呈現資料時的基本要求，無論是經過運算、繪製的統計圖表、心智圖、主題圖、空間分佈圖，還是原始的圖像（3D 圖像、照片、圖畫），未來將不只是文字表述的附屬品。

其次，「電子出版」或「數位出版」也將蔚為主流。匯合了文字、聲音、圖片、影像等不同形式的內容而成的多媒體電子書、期刊、雜誌，將成為傳播訊息與知識的新載體，而且，通常這也會採取「線上出版」的方式，因此，大多具備開放性、互動性和變動性等特質，讓過去書寫、印刷時代的「固定文本」變成可以成長、變化的「活體」。

當然，最具展示及傳播效能的還是網站（平臺）。因此，如何架構、建置、管理與營運一個網站，或是運用既有的平

臺,也是未來史家的必備技能。甚至必須學習程式語言,以便打造自己所需的工具。

新方法

未來的史家所面對、處理的通常是巨量資料,且必須使用數位工具,因此,在研究、探索問題時往往必須採取一些新方法。

「鳥瞰」閱讀

首先,在閱讀方面,由於大半是採取「機讀」(機器閱讀)的方式,因此,傳統逐字逐句的「細讀」(Close reading)、詮釋字裡行間的意義,便難以進行。反之,以「鳥瞰」(Distant reading)式的觀察或「宏觀分析」(Macroanalysis)的方法,探討人、事、物在時、空中的分佈,勾勒主要發展趨勢和重大變遷階段,或是尋繹文本、社會的結構與關係,可能會成為未來常見的閱讀方式。

社會網絡分析

其次,人物向來是歷史研究的主要對象,而傳統史家大多偏重於探討個別人物或特定人群的行為、心理和活動,但未來的史家可以利用「社會網絡分析」(Social Network Analysis)的方法和工具,剖析社會結構與社會關係,並探討訊息、知識、資源、權力如何在人際網絡中產出與流轉。更重要的是,這樣的方法才能有效的探討由網際網路所建構的

「虛擬社群」。

地理資訊系統

　　未來的史家還必須導入地理資訊系統 (GIS)，這不僅是為了資料呈現的視覺化，更重要的是要強化人文思維的空間向度，讓自己可以在三維空間中搜集、處理資料及思考問題。而且，空間思維所涉及的不只是地理位置（地點），還必須考量面積、高度、距離、方向，以及整體的生態環境。

眾人「協作」

　　過去的史家，從搜集、整理、分析資料，到撰寫、發表研究成果，大多都採取單打獨鬥的「獨立」（或孤立）研究。未來則不然，眾人「協作」將逐漸成為常態，尤其史家與資訊科學家或資訊技術人員之間的合作，更是不可或缺。所謂的「群眾協作」(Crowdsourcing) 可以用來協助史家搜集、整理，甚至是分析資料，而各種協作平臺則常被用來進行群體的協同寫作。

新課題

　　未來的史家，由於必須運用新的數位資料、數位工具、數位方法，研究出入於實體與虛擬世界的「新人類」，其著重或是擅長的研究課題應該也會和過去有所不同。
　　首先，在網路世界不斷增生、積累的「大數據」，有相當多的資料都和眾人的日常生活（食衣住行育樂）、生老病死、

社交活動、購物行為、意見表達有關，因此，大眾文化史、流行文化史、生活史、生命史、人口史、心態史等領域的課題，應該會因為資料豐富而受到重視。

其次，由於運用「詞頻分析」工具，可以快速找出特定詞彙及關鍵詞，並統計出現的次數、頻率，而詞彙往往指涉特定的人、事、時、地、物，因此，某一人、事、物、地在歷史長河中的「形象」或「觀念」的演變，應該會是未來史家容易入手的研究課題。

再者，由於有各種便利的「比對」工具，可以分析文件、文本、物件之間的異同，因此，宗教、醫學、史學文獻輾轉抄襲或經多人反覆編訂、注釋的情形，便可以利用這樣的工具，找出彼此緊密相關或有承襲關係的文獻叢集，這也有助於未來文獻史、思想史的研究。

此外，凡是以「人群」為主體的政治、社會、宗教、學術、疾病、文化史，由於可以運用「社會網絡分析」的方法和概念，未來將會成為史家偏愛的領域。

而地理資訊系統則格外適用於探討歷史研究中的移動（旅行、交通、移民、傳播等）、聚落（城市、鄉村等）、建築、物產、人口（族群、語言）等問題，也可以用來檢視「網路世界」的訊息流向和空間分佈的演變史。

結論：「歷史」的未來

「未來」的歷史發展正大步邁向「數位時代」，史家的研究對象和所能運用的史料、工具、方法，也會跟著「數位

化」，其所關心或是比較便於處理的研究課題可能也會改變。換句話說，過去及目前史學研究的主流範式，未來可能會進行「典範轉移」(paradigm shift)。

因此，「歷史」的未來究竟會是何種的面貌，也格外值得注意。過去，史家的主要工作與責任在於紀錄當代的人物與事件，保存社會的「共同記憶」，強化過去與現在的連結以及群體「認同」。未來，則可能還必須提供「預測」的服務。過去的歷史研究與歷史書寫，舉凡史料的真偽、人物的評判、事件的敘述、演變的解析，基本上都必須仰賴史家的專業工作，但是，未來的「歷史」，將是眾人協作的時代，也是人與機器協作的時代，多元的聲音、多樣的價值、多種的解讀、多重的角度，必將在歷史的國度異質並存，史家將失去專斷的權柄，甚至只能蔽身於「數位人文學」(Digital Humanities)的大帳篷之中。

不過，「歷史」未來仍將川流不息，史家也許會身影微縮、聲音微弱，但是，仍將不斷向歷史長河丟石頭，不斷叩問人類文明的軌跡與方向。

參考書目

Adair, Bill, Filene, Benjamin and Koloski, Laura eds. *Letting Go?: Sharing Historical Authority in a User-Generated World*. Philadelphia, PA: The Pew Center for Arts & Heritage, 2011.

Borgman, C. L. *Big Data, Little Data, No Data: Scholarship in the Networked World*. Cambridge, Mass.: The MIT Press, 2015.

Boyd, D. A. and Larson, M. A. *Oral History and Digital Humanities: Voice,*

Access, and Engagement. Basingstoke: Palgrave Macmillan, 2014.

Cohen, D. J. *Digital History: A Guide to Gathering, Preserving, and Presenting the Past on the Web*. Philadelphia: University of Pennsylvania Press, 2005.

Dear, M. J. *GeoHumanities: Art, History and Text at the Edge of Place*. London: Routledge, 2011.

Dougherty, J. and Nawrotzki, K. eds. *Writing History in the Digital Age*. Ann Arbor: University of Michigan Press, 2013.

Graham, Shawn, Milligan, I. and Weingart, S. eds. *Exploring Big Historical Data: The Historian's Macroscope*. London: Imperial College Press, 2015.

Greengrass, M. and Hughes, L. M. eds. *The Virtual Representation of the Past*. Farnham: Ashgate, 2008.

Gregory, Ian N. *Toward Spatial Humanities: Historical GIS and Spatial History*. Bloomington: Indiana University Press, 2014.

Kee, K. *Pastplay: Teaching and Learning History with Technology*. Ann Arbor: University of Michigan Press, 2014.

Knowles, A. K. *Placing History: How Maps, Spatial Data, and GIS Are Changing Historical Scholarship*. Redlands, CA: ESRI Press, 2008.

Mayer-Schönberger, V. and Cukier, K. *Big Data: A Revolution That Will Transform How We Live, Work, and Think*. Boston: Houghton Mifflin Harcourt, 2013.

Moretti, F. *Distant Reading*. London: Verso, 2013.

Ridge, M. *Crowdsourcing Our Cultural Heritage*. Farnham: Ashgate, 2014.

Rosenzweig, R. and Grafton, A. *Clio Wired: The Future of the Past in the Digital Age*. New York: Columbia University Press, 2011.

Schreibman, S., Siemens, R. and Unsworth, J. eds. *A New Companion to Digital*

Humanities. Chichester, West Sussex, UK: John Wiley & Sons Inc., 2016.

Scott, John. *What Is Social Network Analysis?* London: Bloomsbury Academic,

2012.

Weller, T. *History in the Digital Age*. Abingdon: Routledge, 2012.

文章出處

壹‧巫覡與童乩──靈媒的歷史

〈中國巫術與中國社會〉載於 1988 年 6 月《歷史月刊》第五期

〈巫覡與樂舞〉載於 1996 年 3 月《歷史月刊》第九八期

〈臺灣童乩〉載於 1993 年 5 月《北縣文化》第三六期

〈童乩研究的歷史回顧〉載於 1993 年 6 月《北縣文化》第三七期

貳‧夢、狗與風俗──信仰的歷史

〈中國的占夢書〉載於 1988 年 7 月 2 日《中央日報》長河版

〈夢的解析──中國篇〉載於 1988 年 9 月 17 日《中央日報》長河版

〈中國占夢傳統導覽〉載於 1998 年 7 月《歷史月刊》第一二六期

〈吠犬〉載於 1994 年 2 月 25 日《聯合晚報》天地版

〈殺狗四篇〉載於 1994 年 4 月《北縣文化》第四〇期

〈人間道上不清不明──從掃墓看民眾信仰的歧異性〉載於 1995 年 4 月 5
　日《聯合晚報》天地版

〈想我七月半的好兄弟們〉載於 1996 年 8 月 13 日《聯合晚報》天地版

〈中元普渡——傳統祭典的現代性格〉載於 1997 年 8 月 17 日《中國時報》
時論廣場

〈臺灣的義民廟與義民爺〉載於 1998 年 11 月《文化視窗》第五期

〈厭勝的傳統〉載於 1999 年 1 月《歷史月刊》第一三二期

〈「魅」的馴服與迷惑〉載於 2005 年《2005 陰陽師千年特集》

參·屎尿、頭髮與人肉——身體的歷史

〈道在屎尿〉載於 1988 年 4 月《歷史月刊》第三期

〈在廁所中演出的歷史〉載於 1989 年 3 月 18 日《中央日報》長河版

〈頭髮的象徵意義〉載於 1988 年 6 月 4 日《中央日報》長河版

〈披髮的人〉載於 1988 年 9 月《歷史月刊》第八期

〈頭髮與疾病〉載於 1988 年 10 月《歷史月刊》第九期

〈中國歷史最悲慘的一頁——吃人肉〉載於 1989 年 4 月 1 日《中央日報》
長河版

肆·書生與罪人——沈淪的歷史

〈當書與賣書——一個書生的悲哀〉載於 1988 年 1 月 26 日《中央日報》長
河版

〈知識與金錢〉載於 1988 年 1 月 28 日《中央日報》長河版

〈曾任之家——東漢的職業殺手〉載於 1988 年 2 月 2 日《中央日報》長河
版

〈「匿名檢舉」有罪——從睡虎地秦簡談起〉載於 1988 年 2 月 13 日《中央
日報》長河版

伍・婦女與婚姻──女性的歷史

〈領導流行的美女──孫壽〉載於 1988 年 5 月 5 日《中央日報》長河版

〈中國婦女節──陰曆九月九日〉載於 1988 年 10 月 19 日《中央日報》長
　河版

〈女性與中國宗教〉載於 1993 年 9 月《北縣文化》第三八期

〈冥婚、鬼婚與神婚〉載於 1993 年 3 月《北縣文化》第三五期

〈古代雅典公民的婚姻生活〉載於 1993 年 3 月《北縣文化》第三五期

陸・瘟疫與史學──經驗的歷史

〈瘟疫與政治──傳統中國政府對於瘟疫的回應之道〉載於 2003 年《書城》
　第七期

〈瘟疫、社會恐慌與藥物流行〉載於 2013 年《文史知識》第七期

〈何謂「歷史」?〉載於戴麗娟編,2010 年《明日的記憶:98 年度成果發表
　專刊》

〈未來歷史學〉載於 2017 年《人文與社會科學簡訊》第一八卷第三期(創
　刊 20 年紀念特刊)

西遊記與中國古代政治

薩孟武／著

孫行者攪混了龍宮，掘開了地府，打遍天界無敵手，觔斗雲一翻便十萬八千里；如此通天徹地之能，卻仍須臣服於不辨奸邪、思想迂腐、卻只會唸緊箍咒的唐僧——這便透露出政治隱微奧妙之處。政治不過「力」而已，要防止「力」之濫用，必須用「法」。薩孟武先生援引歷史實例與諸子政治思想來解讀《西遊記》，於奇光幻景中攫取出意想不到的玄妙趣味。

水滸傳與中國社會

薩孟武／著

你知道嗎？這些水滸好漢，大多是出身低微、在社會底層討生活的「流氓分子」。秀才出身的王倫，何以不配作梁山泊領袖？草料場的火，為何燒不死林沖？快活酒店的所有權有什麼問題？……且看薩孟武先生從政治、經濟、文化等不同的角度，精采的分析、詮釋《水滸》故事，及由此中所投射、反映出來的古代中國社會。

紅樓夢與中國舊家庭

薩孟武／著

當賈府恣意揮霍、繁華落盡之後，在前方等待的又是什麼呢？究竟是誰的情意流竄在《紅樓夢》的字裡行間呢？薩孟武先生以社會文化研究的角度，徵引多方史料，帶領讀者清晰認識舊時代下從賈府反映出來的那些事。

世界、華夏、臺灣
——平行、交纏和分合的過程

許倬雲／著

「立足臺灣，放眼中國，關心世界」是一句你我熟悉的口號，然而這樣的境界該如何做到？該從何處著手？遠自西亞、埃及、中國、印度古文明，近至你我身邊的大小事，都是歷史。歷史從來就不是獨立發展，而是互相牽連糾纏，世界各國的歷史有如一股股浪潮，在史海中彼此激盪、交流，如果能夠了解歷史發展的軌跡，也許你會對自身所處的環境，有一番新的體悟。